学说话，
大脑开发的第一步
——0~3岁各阶段语言训练必修课

喜喜宝贝◎编著

吉林科学技术出版社

前言

紧紧抓住宝宝语言发展的黄金期

　　0~3岁是宝宝语言能力突飞猛进的黄金时期，父母牢牢把握这一阶段，能事半功倍的让宝宝掌握语言能力，培养出一个能说会道的巧嘴宝宝。

　　从出生起到3岁，婴儿脑重增加特别快，3岁时便可达到1200克，相当于成人脑重的70%~80%。随着大脑的发育，宝宝的好奇心和接受外界事物的能力都很强，而语言能力作为人脑的高级功能，随着大脑的发育也处于进入黄金期。聪明的父母，在孩子呱呱落地时，就应该懂得通过爱抚这种无声的交流表达对孩子的爱，让宝宝感受新环境的存在，逐渐建立与人交流的思维模式。

　　0~3个月阶段，当宝宝哭个不停时，妈妈可以轻轻抱起宝宝，用手指在他嘴上轻拍，让他发出"哇哇哇"的声音，也可以将宝宝的手放在妈妈的嘴上，拍出"哇哇哇"的声音。这些都可以作为宝宝发音的基本训练，使宝宝在愉快的氛围中感受多种声音和语调。当宝宝看到妈妈时，脸上会露出甜甜的微笑，嘴里还会不断地发出咿咿呀呀的学语声，似乎在向妈妈说话。这表明宝宝已能发出较多的声音，父母可以利用这个机会培养宝宝的发音，比如模仿孩子的声音，在宝宝情绪愉快时多与宝宝逗笑，让孩子感受来自声音的愉悦。

出生4~8个月后，宝宝就已开始学习说话了，进入"鹦鹉学舌"阶段，同时将说话的声音与具体的事物建立起联系。与宝宝进行语言交流时，要面对面说话，发音口型要准确，适当使用儿化语言，同时声音轻柔而清晰，当宝宝注视着父母时，父母可用玩具或声音吸引宝宝的注意力，让宝宝的视线随父母移动。这样做不但锻炼了宝宝的听力，也锻炼了宝宝的视力。日常生活中还应抓一切机会和孩子说话，持之以恒地进行训练培养，为将来进入开口说话阶段夯实基础。

当宝宝长到1岁左右，就能蹦出人生第一个真正的词汇了，而这个期待已久的词汇通常还会是"妈妈"或"爸爸"！父母是孩子最亲密的语言学习伙伴，最能激发出孩子说话的兴趣。1岁的孩子刚会走路活动能力增强，一刻也静不下来，妈妈需尽可能多的利用孩子身边的人和物，抓住任何机会和宝宝交流。

2~3岁时，经过父母的坚持不懈的努力，宝宝已经可以随心所欲的说话了。总之，牢牢抓住0~3岁语言发展黄金阶段，采用科学的方法训练宝宝说话，就能充分挖掘出宝宝的语言潜能，收到非常显著的效果。

目 录

解惑篇

理论篇

完美口语，成就天才宝宝第一步

 ## 宝宝语言发展的一般规律

　　语言是人类特有的一种高级神经活动形式，虽然许多动物也能够发出声音表示自己的感情或者在群体中传递信息，但是那些只是一些固定的模式，通常还配合一定的动作语言，且不能随机变化，只有人类才能把无意义的语音按照各种方式组合起来，成为有意义的语素，再把为数众多的语素按照各种方式组合成话语，用无穷变化的形式来表示变化无穷的意义，使得人类的语言丰富多彩，通过语气、语音的变化又表达出缤纷的内心世界。

　　语言是人类相互交往的重要条件，也是表达个体思想的工具。语言发展在婴幼儿认知发展过程中起着重要作用，婴幼儿如能快速掌握语言，就获得了一种更有效的认识工具，加快同成人的交往来增进对外部世界的了解，也可借助语言把这些知识更好地储存起来，以供应用。

　　婴儿语言发展具有阶段性和顺序性，一般要经历六个阶段：

第一阶段： 0～3个月 简单发音阶段；	**第二阶段：** 4个月～8个月 连续音节阶段；	**第三阶段：** 9个月～12个月 学话萌芽阶段；
第六阶段： 2岁～3岁 复合句子的发展，掌握最基本的语言阶段。	**第五阶段：** 18个月～2岁 简单句阶段，掌握最初步的语言阶段；	**第四阶段：** 12个月～18个月 正式开始学话、单词阶段；

语言发展的六个阶段是一个连续的、有次序、有规律的过程，是一个不断由量变到质变的过程，因而既有连续性，又有规律性，基本上所有的孩子都要经历这样的语言发展阶段。很多父母可能都没有注意到这个发展规律，如果能根据这六个阶段的不同发展特点，在日常生活中有意识的制订口语训练计划，同时注意排除训练过程中容易出现的错误，更有效地帮助宝宝学习语言将不是一件困难的事情。

创造最佳语言学习条件

0~3岁是宝宝语言起步和发展最快的时期，聪明的父母在实践中会发现，宝宝在这个时期的语言发展速度惊人，只要稍加引导，就能快速掌握一门语言。而宝宝学习语言不只是得到父母的引导，还需要父母为宝宝创造最佳语言学习条件，让宝宝在与他人交往和在运用语言表达的过程中逐步完成，因此，必须丰富宝宝的生活，开阔宝宝的视野，促进宝宝思维发展，并且抓住生活中各种能刺激宝宝语言发展的要素。

婴幼儿学习语言，都要与周围现实的人、物、大自然及社会现实紧密相连。通过各种感官直接感知，听、看、触、尝、闻等等，获得周围的一切信息，并存储在大脑中，作为发展语言资料，为语言能力的进一步发展做准备。那么，婴幼儿家居和社会语言环境需要父母的高度重视。

1 营造安静的室内环境

婴儿时期，宝宝不具备自由活动的能力，只能趟在摇篮中和妈妈的怀抱里。这时应该给宝宝创设一个安静的、温馨的语言空间，安静的环境能让宝宝注意力集中，当妈妈照顾宝宝时，才能将温柔的声音清晰地传达给宝宝。反之，让婴儿处于吵杂的环境，宝宝容易出现焦躁、不安的情绪，被周围过多的声音混淆视听，不利于语言发展基础阶段听觉训练和亲情培养。

2 创设能听、能看、能说的语言环境

宝宝不可能一直生活在安静的室内环境，多与社会、大自然、各种各样的人接触，创设能听、能看、能说的语言环境，通过引导幼儿仔细观察，认真分析思索，扩大和加深对周围事物的认识和理解，这样才能丰富宝宝的词汇量，获得语言练习的机会，从而发展宝宝的语言能力。

婴幼儿时期父母要有计划地带领宝宝直接观察各种事物，给宝宝多创造条件，引起他学习的兴趣。如用轻敲能发出声响的物体，同时改变发声物体的位置和宝宝观察的视线；等孩子1、2岁的时候，将孩子带到户外，如在春天，告诉宝宝春天到了，小鸟在叽叽喳喳的叫，树上长出了绿芽，小草绿油油的，小朋友都在公园里玩闹。然后引导孩子仔细观察，鼓励孩子将看到的信息用说话的形式表达出来。下雪天里，让孩子观察雪花的形状，周围景物的变化，教宝宝观察屋顶上、树上、马路上白茫茫的一片，然后再让宝宝说出自己的感受，可以是重复父母的话，也可以是自己的想法，将实际事物和抽象的感觉联系起来。通过观察外界事物，丰富了宝宝的知识，也陶冶了情操，使宝宝充分感受到自然界千姿百态的变化，在宝宝直接感知中发展了语言。

3 趣味游戏方法刺激宝宝语言行为

语言与思维有着密切的关系，宝宝许多时候有了强烈的表达愿望，但由于语言发展没能跟上思维的发展，因此，头脑中想的问题不能很好的用语言表达清楚，使宝宝有时会表现出害羞、胆怯的心理。而游戏是孩子最喜爱的活动，宝宝在游戏活动中能放松心情，缓解紧张不安的情绪，游戏为宝宝提供了语言实践的良好机会和最佳途径。因此，我们尝试用多种游戏方法，刺激宝宝的语言行为，达到提高宝宝语言能力的效果。

亲子间的语言游戏对训练宝宝语言能力有更显著的效果，比如和宝宝说"悄悄话"，父母装出很惊奇的样子和宝宝说悄悄话，对着宝宝的耳朵说"洗澡了，洗澡了"，他会觉得十分新奇，并对这个活动充满了热情。对洗澡这件事情的理解也更深刻，当下次再告诉宝宝要洗澡的时候，宝宝会自己往卫生间走，就说明宝宝已经听懂了你的意思。

先弄懂影响婴幼儿语言发展的因素

3个月的宝宝可以发出咿咿呀呀的声音，1岁左右的宝宝能说出第一个真正的词，但并不是所有的宝宝都能掌握好语言。所以，在帮助宝宝学习语言之前应该弄懂，哪些因素会影响宝宝的语言发展。

经过长期的语言发展研究，我们将影响宝宝语言发展的因素归结为两大类，一是固有的较难改变的身体硬条件，二是各种外在条件组成的软条件。

——硬条件包括宝宝先天发育情况、健康状况、遗传因素、性别等。

1 先天发育情况指宝宝的视觉器官眼睛、听觉器官耳朵以及发音器官声带、舌头、嘴唇等发育是否正常，它们都对于语言的发展起着决定性作用。如果生来就聋的孩子，从小就听不到外界的声音，没有经过特殊的训练是不可能学会说话的；声带、舌头出现问题的孩子，出声、说话都会发生障碍，通过纠正、治疗等方法有机会克服，任之发展也不能很好的掌握语言。

2 健康状况。体弱多病的宝宝，他的语言能力会受到健康影响而发展缓慢，如患有智能不足、先天性器官缺损、脑性麻痹等疾病的宝宝，这些疾病都直接影响宝宝的智力发育水平，如果一个人的智力发育迟缓，对事物的认识能力差，那么他的语言发展也就必定迟缓。必须以特殊的渠道，帮助他们发展语言能力。

3 遗传因素。孩子的语言类型常常和父母的语言类型很相似。可以先了解下家族语言发展情况，如自己小时候开口说话时间早晚，是不是也有过"大舌头"的经历，兄弟姐妹的孩子是不是也有同样的情况等，这些收集到的信息也能帮助你更好地弄清影响宝宝语言发展的因素。

4 性别因素。一般来说女孩说话比男孩早。这也受多方面的影响，如男孩好动，在身体方面的要求更多，更喜欢打闹、户外活动等，不知不觉将过多的精力投入到肢体的发展，语言发展相对缓慢；而女孩更多的喜欢安静，父母有更多的机会和时间来与女孩交流，她们掌握语言的速度相比男孩要快。

——软条件包括语言学习环境、家庭环境、社会、文化和经济条件的差异等。

1 语言学习环境。宝宝掌握语言从模仿成人的发音开始。如果宝宝出生后就脱离了语言的环境或大人从小就很少和小孩说话，那么，孩子很可能就不会说话，或者说话晚，或者发音、组词等较同龄儿童差。另外，电视、广播、歌声等周围的语言环境等对宝宝的语言发展也都有影响，始终处于语言单一的环境中，也会造成孩子说话慢、词汇量稀少、发音混沌的现象。例如，双胞胎宝宝如只限于两个人的世界，语言发展就容易推迟，而独生子女与许多同龄人或年长者交往较多，他的语言发展速度就很快。所以，语言环境对儿童语言的发展起着非常重要的作用。

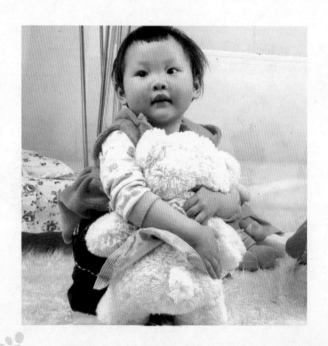

2 家庭环境。家庭环境对宝宝的语言发展也有影响，包括住宅面积的大小、单亲家庭、孩子与父母长期分离促成的隔代教育、父母双方或一方性格内向等。如果住宅面积较小，孩子活动范围受到限制，与人接触的机会相对增多，特别是与父母的谈话机会增加，无意中听到父母之间的谈话、电视声音等的机会也会增加，这能使宝宝处于各种语言信息的环境中，掌握语言的速度加快，反之，住宅面积过大，房间数目太多，孩子独处的时间反而较长，接触人、物的机会减少；如果父母一方性格内向，则孩子就可能缺少一半的语言刺激。

3 社会、文化和经济条件。社会文化生活较丰富的孩子语言发展快，在孤儿院度过幼儿时期的孩子，其语言的发展较迟缓，农村经济条件较差，接触的新事物较少，相应的语言刺激机会减少，所以农村儿童比城市儿童语言发育一般也要迟些。

完美口语从"胡言乱语"开始

　　刚学会说话的宝宝，虽然基本上能用语言表达自己的意愿，但是发音不准、语法错误是初学说话宝宝的普遍现象，这与宝宝的发声器官发育、调节情况和听觉分辨能力等都有关系，家长不需过于担心，更不要认为好笑模仿宝宝的错误语句。

　　宝宝常见的发声错误有很多，如把"吃"说成"七"，把"狮子"说成"希几"，"爸爸"说成"怕怕"等等，这是因为小儿发音器官发育不够完善，还不能通过模仿发出准确的音。另外，听觉的分辨能力和发音器官的调节能力都较弱，如"狮子"的发音，尽管父母已经教了许多遍，宝宝还是会说成"希几"，因为他的听觉分辨能力还不足以区分"狮子"和"希几"，在宝宝听来这两个词没有太大的差别，或是就算听出来，但是发音器官的调节能力较弱，孩子很努力的模仿还是发不准。第三，不会运用发音器官的某些部位，如在发"吃""狮"的音时，舌向上卷，呈勺状，有种悬空感，以小宝宝的认知能力还不能理解抽象的意思，也不会做这种动作，只会把舌头放平了，于是就发出了错误的音。

常见的语法错误还有对代词、名词、形容词、助词的使用错误。例如，当宝宝还不会用自己的名字表达自己意思的时候，经常出现"妈妈喝水"或是"妈妈渴"，而不会说"宝宝喝水""佳佳渴"，宝宝的这种自我意识出现的时间不尽相同，有的宝宝早在1岁多就出现，有的宝宝要等到3岁才出现。这阶段宝宝也不能掌握抽象的人称代词的运动，还没有形成对你我他的认识。如当妈妈说"你爸爸哪去了"的时候，宝宝还不能把"你"替换成"我"，宝宝会说"你爸爸上班去了"，才开始学会使用抽象的人称代词"我"和"我的"来表达自己的意思。

这些错误都是宝宝语言发展中一个自然的阶段，爸爸妈妈没有必要不断纠正宝宝，在日常生活中首先要做到的就是规范自己的用词、造句，对宝宝形成潜移默化的影响。

正确的做法应该是：

★无需过度拘泥于宝宝的语法错误，对宝宝说的话，要采取肯定的态度，不停的纠正宝宝的语法错误，易使宝宝产生说话的抗拒心理。

★不纠正宝宝语句的错误并不是让宝宝错下去，而是在日常生活中用正确的语句说出宝宝要表达的意思，在潜移默化中改正宝宝的语法错误。

★只要宝宝在说话，父母就要认真倾听，表现出对宝宝说话很感兴趣的样子，而不是心不在焉，甚至根本不理睬。

★父母最好和宝宝的视线在同一水平上，看着宝宝的眼睛，认真地听宝宝说话，不管听不听得懂，都给予积极的回应。

★"胡言乱语"是宝宝语言发展的一个必经阶段，说明宝宝的内在语言开始萌芽，开始向着思维方向发展，逐渐过渡到用内在语言指导自己的行为。父母不要贸然打断宝宝的说话。

★尽量放慢和宝宝说话的语速，一字一句地表达清楚，该断句时要断句，让宝宝对你说的话有消化的时间，别不间断地一口气把话说完。

★尽量使用简洁、规范的语言和宝宝说话，对于太小的宝宝少用虚词和复合句，多用简单句。

实践篇

第一章 0~3个月简单发音阶段

 谁说新生宝宝不会"说话"

什么时候要开始教宝宝说话？从宝宝出生后就可以开始了。

虽然宝宝要到1岁左右才能说出理解其语义的第1个词，但在这之前的1年里，他已经开始练习控制发音、掌握语义，为日后的"开口说话"做准备。

新生儿从刚出生的那一刻，就已经开始倾听周围人们发出的语音以及各种声音，但还不能听懂人们说话的意思，他们开始自发地发出一些语音，但不能主动模仿别人的发音，一直到4个月，他都处在自发的语音发声练习阶段。

面对这位家庭的新成员，爸爸妈妈都会满怀喜悦的心情，仔细地观察这位小天使的头发、眼睛、鼻子、小嘴和面部，爸爸妈妈还会忍不住抚摸宝宝的小手，轻拍宝宝的身体和他打招呼，欢迎宝宝的到来，同时也在心中憧憬美好的未来。

在宝宝学会说话之前，首先具有的是听的能力，尤其是对声音有定向力，这就使宝宝出生后具有了与父母交流的可能。尽管他们暂时不会说话，可千万不要以为"宝宝什么都不懂"。

哭，是宝宝发音器官为语言发展所做的最初的发声准备，是宝宝

0~3个月语言发展指标

听觉比较敏锐，突然听到响声会吓一跳；听到陌生的声音会停下正在做的动作；不同类型的哭声代表不同的意思；能用眼睛盯着说话者约30秒钟；父母和他进行面对面"交谈"时，能对父母的声音做出微笑、翕动的嘴唇等反应；发出一些咿咿呀呀的声音，如包括"a、e、g、k"的声音。

通过语言表达自己意思的第一个工具。一个多月后，孩子除了哭叫外，开始发音，会发出哼哼唧唧的声音，这既不是哭，也不是语言，宝宝这种声音只有在情绪良好的时候才出现，这是你会发现宝宝眼睛瞪得很大，表情喜悦，既没有要求吃奶也没要求换尿片，这只是喉咙里发出的自然的声音，就像人高兴时哼着小曲一样，很快你就可以听到小宝宝经常发出"啊""哈"的声音，仔细辨别就会发现宝宝通常首先发出这样的声音"o""a""p"，这时宝宝还不会控制自己的发音，基本上都是无规律的，还处于语言训练的自然阶段，仍然不是真正的语音出现。但是你如果简单地模仿宝宝发出的声音，这会让他开心得咯咯地笑起来的。

0~3个月的宝宝语言发展水平尽管还是处于简单发音阶段，也不能说出真正的语言，但是宝宝时刻准备着与你的交流，所以，从0岁起开始与宝宝"说话"吧！

小贴士

从宝宝一出生就应该为其准备一个安静、温馨的生活环境，要尽量让孩子听到各种不同的声音，以帮助他迅速发展听力，但切忌强烈的声音和噪音。

宝宝最爱的语言启蒙小游戏

游戏一：寻找声源

游戏要求

准备安静、光线充足的室内环境，在宝宝进食后半个小时进行。

游戏好处

提高宝宝听力，及时发现宝宝听力障碍，并激发宝宝愉快的情绪，为更进一步的亲子交流做准备。

游戏步骤：

1 准备能发出清脆声响的小摇铃（或小鼓等其他声响物品）；

2 先对宝宝进行游戏前的预热，可以轻呼宝宝的名字，做做鬼脸，使宝宝处于兴奋状态；

3
妈妈拿着小摇铃在宝宝面前轻摇，使宝宝知道此时声音的来源；

4
妈妈将小摇铃藏到宝宝头左侧，继续轻摇小铃铛发出声响，节奏时快时慢，音量时大时小，并且用语言引导宝宝寻找声响；

游戏提醒：

妈妈要观察宝宝对铃声有无反应，游戏时，最好用普通话反复和宝宝讲话，让宝宝储存标准的语音信息，更有利于发展语言。

小贴士

宝宝的听觉在胎儿时期就已经大致发展成熟，当宝宝出生后马上就能运用他的听觉。但是刚出生的前2、3天时，宝宝的外听道可能还有一些羊水塞住，等到羊水都排净后，家长可以发现孩子对声音会有某种程度的注意。一直到两个月左右，会被突然发出的声响吓一跳，听到妈妈的声音立即安静下来等，如果他正在吃奶，听到声响的时候，也会停下来，转而注意声音来源，另外，孩子会在喂奶、换尿布、亲子互动的过程中，慢慢地熟悉照顾他的人的声音，并慢慢去辨认他的声音。

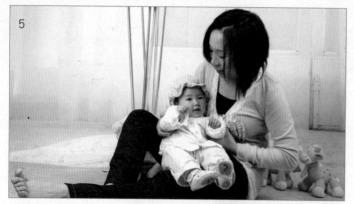

5

当宝宝做出寻找的动作和反应时，妈妈应该给予鼓励，使宝宝获得成功的体验；

6

可将小摇铃再藏到宝宝右边，重复4、5的步骤；

你知道吗？

宝宝语言智力开发越早越好

一个出生时只会啼哭的新生儿，为什么会在短短的两三年内就掌握了结构复杂而严密的语言？语言作为一种智力与潜能，越早开发越好。早教工作者建议从宝宝出生第一天起，就应该将语言交流融贯到婴儿的生活中，这有极其重要的作用。与0~3个月婴儿"交谈"时父母做出夸张口部动作及出声，应让宝宝学习你发声的口型，并配合发出哼哼唧唧的声音。这离不开父母的引导，因为在没有语声的环境里绝不可能发展语言智力。最好的例子就是"狼孩"的语言系统缺失现象，由动物抚养长大的"狼孩"，在语言发育阶段没有得到很好的训练，就算随着年龄的增长还是不能很好的掌握人类的语言，尽管回归人类社会后，接受强化的语言训练，也很难再掌握一门语言。所以，宝宝的语言智力开发越早，宝宝掌握语言的能力就越强。

游戏二：模仿宝宝的声音

游戏要求

安静通风的室内环境，在宝宝清醒时进行。

游戏好处

可以逗引宝宝有意识地模仿，并激励他主动发声。

游戏步骤：

1　轻拍宝宝的小手、小脚，呼唤宝宝的名字，提醒宝宝游戏时间开始了；

2　宝宝情绪高涨后，将宝宝抱在怀里，对着宝宝的脸发出"咿——""呀——""哦——"地"说话"声；

3

注意观察宝宝的面部表情，当宝宝吧哒小嘴或吐泡泡发出声音的时候，立刻微笑地看着宝宝的小脸，热烈地模仿宝宝的声音；

4

这时可能宝宝还不会发出准确的"咿""呀"声，不过没关系，不管宝宝发出什么声音都希望得到你的回应；

游戏提醒：

　　和宝宝游戏时一定要满腔热情，以此感染宝宝。为了增加游戏的趣味性，还可以配合一些其他的动作来吸引宝宝的注意，比如，一边说，一边不时地将脸埋进宝宝的胸前，轻轻地咯吱他，对着他的小脸轻轻地吹气等等。

小贴士

　　对呀呀学语的宝宝说话时，妈妈常常会不自觉地放慢语速、提高声调并采用夸张的语气和口型说出或重复说出一些简短的词语或句子，这就是所谓的"妈妈语"。宝宝非常"吃"这一套，因为缓慢的语速、夸张的语气、高扬的声调和重复，这是宝宝最容易理解的表达形式，可以使他更好地感受、学习语言。这不难理解，想像一下第一次和老外交流，我们的感受和需要就知道了，同时，这也能增加宝宝对妈妈的信任感。要知道一个陌生的声音和发声方法，宝宝是难以很快适应的，只有用类似于宝宝说话的方式，他才能感觉到这是在和他交流。

轻轻晃动宝宝的小手，放慢你的语速，用长音继续模仿宝宝的声音。每隔几天增加一两个不同的音。

你知道吗？

当宝宝第一次发出声音

当你的宝宝出现第一次出声时，父母或经常照顾宝宝的成人一定会惊喜万分。为了表达对小宝宝这种主动交流的欣喜之情，可以亲切地抚摸着他的小手，对宝宝说："宝宝你在叫我吗？"再轻轻地将他抱在怀里，让宝宝的脸贴着你的脸。

当宝宝会出声时也给成人提出了新的要求，在宝宝醒着的时候，父母或经常照顾宝宝的成人，应经常出现在他面前，跟他讲话。此时，宝宝虽然还不理解语言的意思，但成人愉快的表情和优美的声音，通过听觉、视觉传入宝宝的大脑皮层，储存起来，能为以后的语言发展打下基础。成人还可以利用各种色彩鲜艳的玩具，如红、黄色的气球，小铃铛等引逗宝宝，让宝宝出声微笑，使宝宝心情愉快。宝宝欣喜的反应会使身体各部分的骨骼、肌肉得到锻炼，同时也加深了宝宝与成人的感情。宝宝的第一次出声，赢得了父母的欢欣，而父母的抚摸和拥抱又强化了宝宝出声的兴趣。以后，当宝宝再次看到他熟悉的成人时，还会用这种出声甚至加上肢体语言与之进行交往，这也是鼓励宝宝说话的第一步。

游戏三：贴心语

游戏要求

安静的室内环境，宝宝清醒的时候。

游戏好处

随时随地与宝宝进行对话，让宝宝熟悉你的声音，增强宝宝的安全感，为进一步的交流做准备。

游戏步骤：

1 让宝宝躺在床上，对着宝宝的耳边轻声的说话；

2 说话时，妈妈表情放松，面带微笑，说话放慢语速，可以说些宝宝的成长趣事或妈妈对宝宝的期望等轻松的话题；

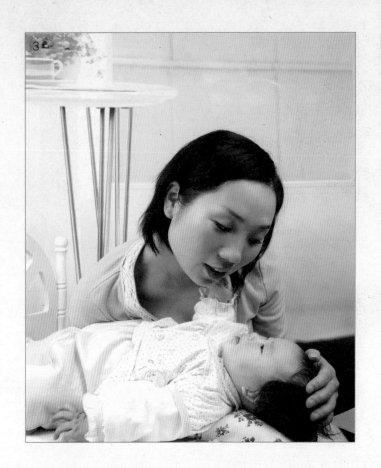

3 注意观察宝宝的表情，为了提起宝宝的注意力，可以轻轻对着宝宝的脸吹吹气，抚摸宝宝的头，拉拉宝宝的小手等；

游戏提醒：

　　和宝宝进行贴心语关键是坚持。虽然宝宝还不会说话，但他们天生具有听觉能力，能感知到妈妈的语言。有的宝宝在生后感受到胎内曾听到的声音时，就会改变吸吮的速度，所以宝宝生后要尽量给他们创造一个丰富的投入感情的语言环境，利用各种机会给宝宝以丰富多彩的情感生活。

　　宝宝其实能够靠他的耳朵来分辨很多事情，那么，尽早展开与宝宝间的亲密对话是非常有必要的。对于刚出生的新生儿而言，这个"亲密对话"还包含很多非语言的方法，比如用心地记录和分辨宝宝哭闹的类型(饿、困、累、怕等各种原因的哭法)，并予以相应的回应和满足。要弄清楚这些不是件容易的事，尤其对于初为人母的新手父母来说，需要一个慢慢摸索的过程，不必期望自己一下子就能全部掌握孩子的喜怒哀乐，如果宝宝对你的热情短时间内还不理会，不要放弃，再耐心一点，用其他方法比如借助眼神交流、身体接触等途径，使宝宝慢慢产生反应。

4

将宝宝抱起，贴一贴宝宝的小脸，告诉他妈妈是在和你说话，或者改为对宝宝唱歌也是不错的选择。

你知道吗？

宝宝不会讲，并不代表听不懂

在孩子刚出生的几十天里，大脑语言功能区迅速发育，特别是分管语言的储存神经高度兴奋，据仪器测定，婴儿即使在浅睡眠状态也能感受到声音信息。

很多父母会认为，婴儿只会发出咿咿呀呀的声音，不会说话，也不会听，所以完全不用过多地与宝宝交流，只要满足他的需求就可以了。这种做法是完全错误的，千万别小瞧宝宝，虽然说不出来，他却能听懂。他能明白的意思可比你想象的多得多。

当孩子啼哭时，细心的妈妈会知道宝宝饿了或者是尿湿了，及时满足宝宝的要求，这样时间一长，宝宝就能明白，他的哭声能唤起父母的响应。另外，宝宝情绪好的时候，会发出哼哼唧唧的声音，有耐性的父母，可以照着宝宝的口型夸张地进行模仿，同时发出和孩子相似的声音，时间长了，你会惊喜的发现，当你再次去逗宝宝的时候，很快就能换来宝宝开心的笑声，这些例子都说明，尽管几个月宝宝发出的只是简单的声音，只要响应，并且持续的对他进行训练，宝宝可以理解父母的意图。

游戏四：观察妈妈的脸

游戏步骤：

1 让宝宝躺在床上，妈妈抓着宝宝的小手让他摸摸妈妈的脸，轻轻告诉他这是嘴巴，这是鼻子，这是眼睛；

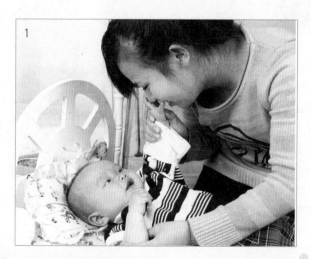

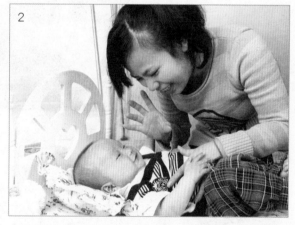

2 当宝宝熟悉妈妈的脸之后，妈妈开始用脸和宝宝"对话"。先从笑的表情开始，妈妈保持笑容，嘴角翘翘的，眉毛弯弯的，让宝宝仔细观察；

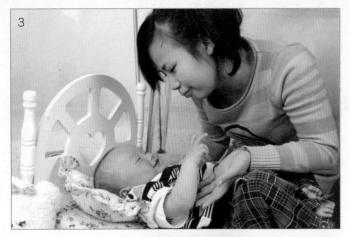

3 让宝宝观察妈妈生气时的脸，如嘴唇嘟嘟的，目光凶凶，眉毛上扬，眉头挤到了一块；

4 让宝宝观察妈妈惊喜时的脸，惊喜时嘴巴张得大大的，眼睛睁得圆圆的；

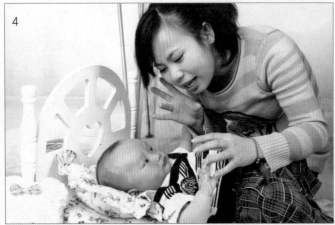

游戏提醒：

妈妈的脸最能吸引婴儿的注视。0～3个月的宝宝调节视焦能力差，太远或太近的物体他都看不清楚，玩游戏的时候，妈妈的脸和婴儿的脸之间保持20厘米左右这个距离最佳，这时，妈妈的脸是婴儿最能看清的物体。

小贴士

有一个有趣的现象，当妈妈微笑着注视着宝宝的脸时，妈妈慢慢地张嘴、闭嘴，婴儿也会跟着张嘴、闭嘴；妈妈慢慢地吐出舌头，婴儿也会在稍纵片刻之后吐出自己的舌头。心理学家把这些模仿性动作称为"共鸣动作"。当婴儿注视妈妈的脸部时，他的双眼会集中到妈妈的眼睛和嘴上，然后，按照他所见到的变化来改变自己的眼睛和嘴的表情。当他模仿微小表情时，会咧开小嘴，喉咙发出"啊""啊"的声音；模仿悲伤的表情时，他会紧缩眉头，并撅起小嘴。妈妈对婴儿来说，就像是一面镜子，这种模仿能力对于一个刚刚出生的婴儿来说无疑是一种有效的学习方式，父母应该利用好婴儿的这种天赋，建立最初与他人交往能力的关键。

5

反复进行上述步骤，并且注意观察宝宝的反应。

你知道吗？

宝宝开口说话早还是晚，因人而异

几个月大的宝宝正处在语言发展的基础阶段，只会发出简单的声音，宝宝既不明白自己说的是什么，也不能理解你对他说的话，此时，父母应该做的就是积极回应宝宝的声音并从锻炼宝宝的听力开始入手。比如说，可以用激将法。比如想要吃奶时，妈妈就是不给他，看他急了是不是就出声了，通常是用哭来表达自己的不满。多数情况下，宝宝不会发出声音，他虽然不开口发音，成人还是要对他说话，提供一个语言环境，让他多听，宝宝是从听中懂得语言，然后学会说发音、说话的。

另外，宝宝出声早晚还与其他很多因素相关。比如遗传基因，宝宝的语言发展一般会遗传父母中的一个人。很多宝宝有很强的语言接受能力，但是就是不开口，可能是因为口腔和舌头肌肉因为基因遗传，发育较慢；还有社交氛围，宝宝每天由谁看管，和谁在一起的时间最多，对语言的发展也有很大关系。"一对一"的全天候看护往往让宝宝没有必要说话，完全有人会照顾的妥妥当当；出生顺序，一般来说，第一个出生的孩子说话比较早，原因之一是，父母有更多充裕的时间来开导他，还有一个原因就是没有人与他抢着说话，发挥空间比较大。而后出生的宝宝可能会出现说话晚的状况，也许就是因为很难有机会抢到话，缺乏锻炼的机会。

0~3个月宝宝语言能力综合测试表

听的能力	听到响亮的声音，会增加或减少全身性运动	Yes( ) / No( )
	听到轻柔的声音，会停止口中的咿咿呀呀声	Yes( ) / No( )
	听到妈妈的声音，会停止哭闹	Yes( ) / No( )
	听到突然发出的声响，出现全身性抖动。	Yes( ) / No( )
	开始懂得搜索声音的来源	Yes( ) / No( )
	能认出少数除妈妈以外的声音	Yes( ) / No( )
"说"的能力	舌头和嘴唇运动不发达	Yes( ) / No( )
	大声哭闹	Yes( ) / No( )
	会笑	Yes( ) / No( )
	喂奶时发出一些新的声音，如 "u" "e" "i"	Yes( ) / No( )
	发出咿咿呀呀声	Yes( ) / No( )
	发音的时候气息随着张口大小变化	Yes( ) / No( )

宝宝口语游戏记录表

日期	月龄	游戏名	游戏趣事	值得纪念的事	前辈妈妈记录
		寻找声源			宝宝很喜欢这个游戏，但是变换摇铃位置的速度不宜太快，以宝宝能找到的速度为宜。
		模仿宝宝的声音			一开始宝宝可能没有太大的反应，这需要大人的耐性和毅力，不可操之过急，每天坚持才能达到最好的效果。
		贴心语			宝宝其实已经对我的声音有了反应，有时会"呀！呀！"的回答几句。
		观察妈妈的脸			宝宝对妈妈的脸非常感兴趣，清澈的眼睛一直认真地盯着看，连我都觉得不好意思起来！

第二章 4个月~8个月 连续音节阶段

 将感知的物体和语言建立联系

4~8个月的宝宝虽然还不会说话，但是对于大人简单的话能够渐渐地听懂了。当成人用简单的词、句子描述一个常见的物体时，宝宝会用眼睛或小手指指这个物体，这说明，宝宝已经将这个物体和语言建立联系。

宝宝将感知的物体和动作、语言建立联系，不是一天两天的事，这是由于大人平常不断地用语言对婴儿生活的环境和接触的事物进行描述，慢慢地婴儿熟悉了这些声音，并开始把这些声音与当时能够感觉到的事物联系起来。很显然，练习实践是最好的老师。比如，经常生病打针的宝宝，再次去到医院，或者看见穿白大褂的人，会马上害怕得哭起来，打针这个深刻的生活经验已经深入婴儿的大脑，当这个场景再次出现，宝宝就会回想起来，并作出害怕和哭闹的反应。

4~8个月语言发展指标

发音和上一阶段相比，增加了非常多，尤其是声母，新增加了b、d、g、p、n、f等，韵母也有增加了ong、eng等；发音的连续性、重复性增加，发出a-ba-ba-ba、da-da-da-、na-na-na的声音；跟成人对话时，会发出一些语音应答；会玩弄声音音调变化，发出许多类似成人语音的声音；开始模仿发声；会发出不同的声音、音量，如高声叫等来表达自己的情绪。

日常生活中频繁的语言灌输，对于婴儿早期理解和学习语言起到了非常重要的作用。当发出吃奶了、洗澡了等指令时，宝宝虽然不能说出来，但是对即将发生的事情已经能够理解，并且发出各种各样的声音来表达自己的情绪，如用玩具逗笑时，宝宝发出连续的"吧-吧-吧"的声音；洗澡时，用小手拍打出水花，发出愉悦的"啊-啊-啊"的声音。

小贴士

这个阶段对婴儿进行语言训练，除在日常生活中多对婴儿说话之外，还可以将说话和教婴儿认识环境、物品结合起来。

宝宝最爱的语言启蒙小游戏

游戏一：小管家

游戏要求

父母双方配合进行；准备奶瓶、小围兜、玩偶、气球等物品；安静的室内环境，最好在宝宝吃奶后半小时再进行。

游戏好处

让宝宝触摸这些熟悉的物品，调动听觉、触觉、视觉多方感官系统，促进感官系统的协调发展，并将具体的事物和语言认知相联系。

游戏步骤：

1 将宝宝从摇篮中抱起，让宝宝舒适地坐在妈妈腿上，使要展示的物品能和宝宝的视线在一个水平线上；

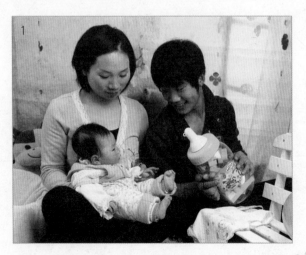

2 爸爸拿起准备好的物品，逐个向宝宝展示，用正常的语气说出物品的名称；

3

将全部物品向宝宝展示一遍后，再从头开始。爸爸拿起奶瓶，在宝宝面前轻晃，向宝宝发问并配合惊奇的表情："这是什么呀？"

4

这时，妈妈可拿起宝宝的小手去触摸奶瓶，也向宝宝发出一样的问题，同时注意观察宝宝的表情；

游戏提醒：

应该选择宝宝经常看到、用到的物品，让宝宝不至于对物品产生害怕心理，另外，父母在解说物品名称时，尽量吐字清晰，语速放慢，让宝宝看清发音时的口型。

小贴士

婴儿对事物的认识都是从身边最熟悉的物品开始，反复教婴儿认识他熟悉并喜爱的各种日常生活用品的名称，如起床时可以教他认识小枕头，穿衣服时教他认识小衣服，喂奶时教他认识奶瓶、围兜，洗澡时教他认识水，坐车时认识车等。

对婴儿来说生活中的一切都是崭新的，不要局限于宝宝还小，什么也不懂的理念。人类掌握任何一项技能都需要不断的实践，对婴儿来说也一样，抓住任何可以教宝宝认物、认人、认事的机会，通过大量的练习，强化宝宝的记忆，最终实现语言和事物的结合。

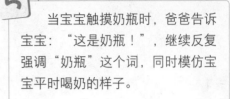

当宝宝触摸奶瓶时，爸爸告诉宝宝："这是奶瓶！"，继续反复强调"奶瓶"这个词，同时模仿宝宝平时喝奶的样子。

6

将其他物品重复3～5的步骤。

你知道吗？

怎样帮助宝宝更快地认识身边的物品？

在正常情况下，出生后4~6个月进入婴儿语言的发展阶段，由无意识的声音转向发出能表达情感的声音。这种转变首先从开始注意别人所说的词开始，逐渐发展到注意一件事。所以，4个月以后，妈妈要尽量多和婴儿说话，除此以外还要有动作的帮助。随着月龄的增长婴儿能听懂的词逐渐增多，妈妈应先把家里常用物品特别是有变化、有响声的物品如电灯、闹钟等，教给婴儿认识，还可设置定时场景对话，如洗澡时认识水、肥皂、毛巾等。8个月后婴儿对人的语言理解能力越来越强，可进一步带孩子到陌生的环境中认识一些新实物、动物和人等。到了10个月以后尤其爬得比较灵活时，他也会拿起一些自己的日常用品，这时不仅要帮助婴儿牢记物品的名称，还要用简单的句子来描述你在做的事，使孩子逐渐理解一些语句。

1岁以后，家长可利用认物卡片，教幼儿认识比较抽象的物品的名称，教婴儿认识日常用品一定要注意使语言、眼神、手指的方向与实物一致，否则不要说话的婴儿就会感到茫然、困惑。

游戏二：听懂名字

尽早固定对宝宝的称呼，全家统一叫法。在宝宝清醒、情绪好的时候进行。

尽早让宝宝认识自己的名字，更有利于亲子间的交流。在以后的语言训练中提到宝宝的名字，宝宝就会对你的话给以更多的关注，清楚明白你是在和他说话。

游戏步骤：

1 准备好摇铃、布偶、小鼓等经常用来逗笑宝宝的玩具，用摇铃或其他玩具在宝宝面前晃一晃，引起宝宝的注意；

2 将宝宝抱起使宝宝以平行的视线观察你的动作；

3 拿起摇铃在宝宝面前摇晃发出声音，同时叫宝宝的名字，注意发音要清晰，注视宝宝的视线；

4 当宝宝注意摇铃后，妈妈问"谁是丁丁啊？"，重复几遍问题，观察宝宝的表情，通常情况下宝宝会被你逗笑；

游戏提醒：

首先要将孩子的名字固定，最好从一开始就用正名称呼而不用小名，如果家长一会称他为宝宝，一会用正名或乳名，孩子就不知道大人到底在叫谁。要证实宝宝是否听懂了自己的名字，可以在平时先叫别人的名字，看他是否有反应，然后叫宝宝的名字，如果他被逗笑说明宝宝已能听懂自己的名字。

小贴士

大约4～5个月，宝宝已经能识别自己的名字，当你在日常谈话中提到他的名字，虽然宝宝不会说，也不会有明显的表情变化，但是宝宝会对你的话给以更多的关注。到1岁左右，当妈妈由于宝宝不停话，声音提高，皱眉头，有时还气得全身发抖的时候，宝宝已经在察言观色中知道了妈妈是因为自己而生气。

为了让宝宝早点听懂自己的名字，平时家长要多和宝宝说话，最好是具体的事情，如"佳佳饿了，要吃东西，妈妈给佳佳""佳佳出汗了，妈妈给佳佳洗澡"，也许刚开始宝宝不懂，但反复多次，聪明的宝宝会慢慢明白的。另外，和宝宝说话时，要留时间给他"回答"。可不要小看了小家伙，用不了多久，他就会对你的问题回以微笑、挥一下手或是叫唤一声。

5 将摇铃送到宝宝手中，同时告诉他"你就是丁丁呀！"，握着宝宝的手一起摇铃。

6 拿起其他玩具重复3～5的步骤。

噪音污染影响婴儿语言发展

噪音看不见也摸不着，但是它对婴儿语言发展存在很大的危害。据临床医学统计，若在80分贝以上的噪音环境中生活，造成耳聋者可达50%。除了对孩子的听力有损害之外，长期处于在吵闹的电视机旁或环境嘈杂的环境下，孩子可能需要花更多的时间来学习语言。

这是因为，吵杂的环境中，婴儿无法从背景噪音中分辨出口语语言。当妈妈在噪音背景下叫宝宝的名字，婴儿要听很长时间才能理解他们的名字，换成背景声音是在温馨气氛的餐厅或公园中，即使是妈妈在与别人的对话中提到宝宝的名字，5个月大的婴儿就能分辨对话中自己的名字。如果妈妈的声音和噪音音量同倍增加，将增大婴儿分辨自己名字的难度，同时，由于音量过大，会对孩子的听力造成影响，导致婴儿十分娇嫩的感官系统受到危害，影响智力及身体的发育，甚至造成精神不集中等精神衰弱症状。

所以，父母应该尽力给孩子创造一个安静、无噪音污染的生活环境，保留一段安静的时间或是一个安静的角落，以便让婴儿能够获得他们所需要的语言学习经验。

游戏三：爸爸妈妈不见了

游戏要求

宝宝对"爸爸""妈妈"这两个词和对应的人有一定的认知。

游戏好处

训练宝宝发出"ma-ma""da-da"的双唇音，为他下一步有意识的叫爸爸、妈妈打好基础。

游戏步骤：

1 将宝宝抱起，爸爸在宝宝面前用手指着自己说"我是爸爸"；

2 爸爸拉起宝宝的小手摸摸自己的脸，或者是做做鬼脸，让宝宝清楚记得你的形象；

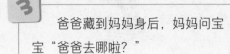
爸爸藏到妈妈身后，妈妈问宝宝"爸爸去哪啦？"

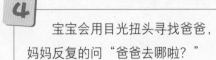
宝宝会用目光扭头寻找爸爸，妈妈反复的问"爸爸去哪啦？"

游戏提醒：

　　注意观察宝宝的表情和视线，当宝宝很为难实在找不到爸爸的时候，妈妈可以给出指引，以免宝宝由于找不到而产生挫败感。爸爸也可从妈妈身后突然出现宝宝面前，引逗宝宝大笑，加深宝宝对你的印象。

小贴士

　　其实，对于婴儿来说，再漂亮、再贵的玩具也比不上爸爸妈妈，宝宝需要的是有温度、能陪他一起玩的父母，玩具只是宝宝玩耍中的辅助物，如果没有人拿着玩具陪宝宝玩，他们不会对玩具产生太久的兴趣，所以，很多小宝宝对玩具总是三分钟热度，然后随手一扔，再也没有兴趣。处于语言发展阶段的孩子，更需要父母的陪伴，父母发出各种声音、做出各种不同的动作吸引宝宝，刺激孩子感官和语言系统的发育。所以，不管多忙，父母都有必要经常和宝宝一起玩耍，成为宝宝的"玩具"。

5

爸爸从妈妈身后慢慢出来，宝宝会盯着爸爸，对爸爸笑；

6

换爸爸抱着宝宝，妈妈重复以上爸爸的动作。

你知道吗？

"大舌头" 要及时纠正

舌系带过短，会影响将来说话，尤其是一些卷舌音发不准，说话含混不清，发展成为"大舌头"现象。

舌系带指舌根部的一条细细的粘膜，连接舌与口腔底部，当张口舌尖向上卷曲时即可看到。正常的舌系带可以让舌头自由活动，舌尖可伸出嘴巴外，如果舌系带天生过短，舌头向前运动受阻，也不能任意卷曲，造成吮、咀嚼和语言障碍，对于一些卷舌音和舌尖音不能顺利发出，也就是俗称的"大舌头"。

儿科专家建议，父母可以在孩子出生一个月后的常规检查中，让医生检查舌系带，如发现过短，可通过手术矫正，到口腔科将舌系带剪一刀。宝宝手术年龄以半岁左右最好，因为年龄太小不宜缝合，超过1岁，宝宝出牙剪舌系带难度加大。手术痊愈后，父母还应该辅以发声练习，让宝宝看着大人的口形模仿发他之前发不准的音，长期坚持，"大舌头"现象不久就会消失。

游戏四：家庭音乐会

游戏要求

准备小鼓、小纸盒、小桶等能敲出不同声音的物品，一根宝宝能抓住的小木棍。

游戏好处

让宝宝区分各种不同音高、音色的声音，让宝宝模仿各种拟声词，同时使宝宝心情愉快。

游戏步骤：

1 将小鼓、小铃铛、小桶等摆在宝宝面前，让他靠着妈妈坐稳；

2 妈妈先示范一遍给宝宝看，用小木棒敲小鼓发出"咚咚"声，同时嘴里也模仿鼓发出的声音，让宝宝观察你的嘴型；

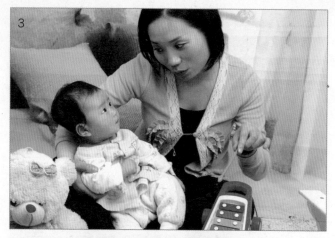

3

用小木棒敲小纸盒发出"啪啪"声，同时嘴里模拟纸盒发出的声音，让宝宝观察你的嘴型；

4

将小木棒交到宝宝手里，握着宝宝的手敲打这些"乐器"，动作要慢，让宝宝清楚知道声音的来源；

游戏提醒：

如果没有父母的示范，宝宝并不知道这些他熟悉的物品也能发出这么多神奇的声音，但是宝宝的认知和分辨能力还是有限的，一次不要展示超过3件物品的声音，不然宝宝容易混淆这些声音，反而不易学到这些最简单的拟声词。

小贴士

新生儿在降生几分钟后就能有听觉反应，几天后能对不同的音色建立条件反射，1个月后能基本辨别声音的位置，3个月时认识妈妈或日常护理人的声音，到5、6个月的时候已经会用手、脚去触碰那些能产生令人愉快的声音的玩具。一开始可能是婴儿的条件反射，如果声音十分悦耳，能让他们感到愉快，他们就会饶有兴趣的去重复这些动作。抓住婴儿的这些天性，父母教宝宝配合相应的拟声学习，能让宝宝在兴趣中，接受语言发展的训练。

5 宝宝每敲一种"乐器"，妈妈同时模拟这些声音，引导宝宝跟着发声。

你知道吗？

宝宝为什么喜欢"自言自语"？

父母经常会发现半岁大的小宝宝趟在摇篮里"自言自语"，发出各种奇怪的声音，有时还会咯咯咯的笑起来，为什么宝宝一个人也能玩得那么开心呢？

其实，4个月大的婴儿已经能利用舌头、牙齿制造出各种奇怪的音响效果，有时还会发出将来他们的母语中不会出现的声音，而他们对玩这个新玩法乐此不疲。到7、8个月大时，宝宝从单纯的玩自己的声音转到模仿日常听到的声音，如类似叫爸爸的"pa-pa"声。这与日常生活中与宝宝进行令他开心的语言训练密不可分，爸爸妈妈的话语是宝宝最爱模仿的声音，因为宝宝还不能准确的发音，所以只能模拟父母说话的节奏，根据感觉用自己容易说出的语音来重复，有时，甚至被自己发出的奇怪的声音吸引、逗乐。当宝宝快1岁时，唇、颚、舌头的动作也更灵活，呼吸、发声构造更加成熟，于是宝宝的发音更准了，已经不会发出母语中母语的音素，且随着理解能力的增强，已经渐渐了解哪些声音指代的事物，进而产生有意识的沟通。

所以，当发现宝宝在"自言自语"的时候，赶快过去和宝宝"对话"吧。

4个月~8个月宝宝语言能力综合测试表

听的能力	对人的声音有明显反应,听到声音会转过头去观察说话的人	Yes( ) / No( )
	主动寻找声音的来源	Yes( ) / No( )
	听到自己的名字有反应	Yes( ) / No( )
	听得懂简单的手势和命令	Yes( ) / No( )
	当成人说到常见的物品时,会用手指指该物品	Yes( ) / No( )
	少数宝宝明白"爸爸""妈妈"的意思	Yes( ) / No( )
"说"的能力	热衷于一个人的"自言自语"	Yes( ) / No( )
	独处时偶尔发出轻轻的笑声	Yes( ) / No( )
	能发出如"ma-ma""ba-ba""na-na"等连续双唇音	Yes( ) / No( )
	用不同的声音表达不同的情绪	Yes( ) / No( )
	开始模仿大人说话	Yes( ) / No( )
	在跟成人对话时,会有一些语音应答	Yes( ) / No( )

宝宝口语游戏记录表

日期	月龄	游戏名	游戏趣事	值得纪念的事	前辈妈妈记录
		小管家			当拿起奶瓶的时候宝宝最兴奋，因为这是宝宝最喜欢的东西；同时宝宝还喜欢颜色鲜艳的物品。
		听懂名字			宝宝真的能听懂自己的名字！我在引逗时，宝宝的爸爸突然喊他的名字，他竟然会盯着爸爸看！
		爸爸妈妈不见了			不要小看宝宝，他已经能准确的认出来谁是爸爸谁是妈妈，经过几次练习，他看见爸爸时能发出"啊！啊！"的声音，仿佛想叫爸爸带他出去玩！
		家庭音乐会			7、8个月的宝宝活动力非常强，宝宝会自己抓小木棒想去敲小鼓，对玩具发出的悦耳的声音有极大的兴趣，自己也跟着呀呀呀呀的唱起来。

第三章 9个月~12个月 学话萌芽阶段

 蹦出人生的第一个词汇

经过对宝宝坚持不懈的语言训练准备阶段，终于有一天宝宝发出了"ma-ma"的声音，敏感的妈妈高兴坏了，接着宝宝又发出了"ba-ba"的声音，亲爱的宝宝第一次对父母的呼唤是多么地激动人心。对您和宝宝来说，说出人生的第一个词绝对是个里程碑式的成就。

大多数宝宝在12个月左右就能说出他们人生的第一个词，这个词通常是最亲密的人的称谓，爸爸、妈妈或者是照顾他的奶奶，这些都是宝宝非常熟悉的人物。这标志着语言发展的第一个准备阶段结束了。

宝宝语言的这一飞跃性进步，离不开平时大量与成人间的交流，随着发声器官的发育成熟，并大量练习了发音和嘴部活动后，累积在宝宝心中的词语一个一个蹦了出来，虽然发音还不是很准确，呀呀声伴随着各种姿势，但是宝宝已经想要用声音来传达他的想法了。

宝宝说出人声第一个词的时候，聪明的父母不应该浪费这个加快语言训练的绝好机会，当孩子发现他的呼唤能换来父母欣喜的表

9~12个月语言发展指标

第一次发出"妈妈""爸爸"的声音；已经能听懂大多数简单句子；能模仿大人发出有意义的标准语音；每个月能掌握1~3个新词；会用3~4种肢体动作补充语言表达；想用语言交流的意愿明显；听到父母叫自己的名字，立即停止活动。

情和紧紧的拥抱的时候，得到了说话的鼓舞，才愿意继续出声。其实，早在10个月的时候，宝宝就已经明白了爸爸妈妈的意思，但是宝宝为什么就是不说出来呢，很大一部分原因是因为粗心的父母没有强化、激发他的说话兴趣，对孩子的出声漠不关心。

对周围事物的认知、理解能力比语言能力发展快，是这个阶段的显著特点，和小宝宝在一起聊天，进行亲子阅读是帮助宝宝吸收新的话语，是懂得话语意思的很好的方法。在这个阶段，不用因为宝宝不能说更多的词而焦急，牢记宝宝其实已经能明白你说的意思，再给他多一点鼓励，多一点训练，才是聪明父母该做的事。

小贴士

宝宝终于学会叫"爸爸""妈妈"，这一阶段被称为语言的起点，标志着孩子已经具备了人的语言思维特征，同时向社会化能力迈出了一大步，这是宝宝了不起的变化。假如家人对孩子的语言飞跃发展表现得积极而热烈，孩子说话的愿望会更强；如果消极而冷淡，他对于说话也不再有兴趣。

游戏一：认脸谱

游戏好处

教宝宝认识人脸的构造，训练宝宝的语言反应能力。

游戏步骤：

1 妈妈与宝宝面对面坐着，妈妈用手指指自己的鼻子，说"鼻子"，同时握着宝宝的手摸摸他的鼻子；

2 妈妈用手指指自己的眼睛，说"眼睛"，同时握着宝宝的手摸摸他的眼睛；

3

妈妈依次说完鼻子、眼睛、嘴巴、耳朵，然后问宝宝"鼻子在哪里？"

4

注意观察宝宝的动作，第一遍发问时，如果宝宝不会，适当帮助孩子找准五官的位置；

游戏提醒：

游戏时除了亲亲宝宝表扬他外，还可以加入惩罚的环节，如宝宝指错时，刮刮宝宝的鼻子，假装皱起眉头做生气的表情，让宝宝明白自己做错了。

小贴士

和3个月以前不同，宝宝已经能够准确的认出妈妈的脸，并且认识大人表情变化所代表的含义，游戏中加入表情含义能帮助宝宝理解抽象语言。同时，从模仿妈妈的动作，到听命令完成动作，加快了各种语言信息在大脑的储存速度。

认脸谱不仅可以随时随地和宝宝玩，也是母子、父子间最受欢迎的小游戏，当宝宝能熟练指出自己的五官后，让来访的客人和宝宝进行，也能进一步扩展宝宝的语言交流空间。

5

再继续问宝宝"眼睛在哪里？"，如果宝宝指对，马上亲亲宝宝的脸颊表扬他。

你知道吗？

帮助孩子积累更多的词汇量

很多家长只关心孩子开口说话早晚的时间，而忽略了词汇量的问题，孩子掌握的词汇量越多，在将来的语言表达中就会越生动。

★当个"唠唠叨叨"的妈妈

宝宝如果与唠唠叨叨的妈妈呆在一起的时间越长，就会更快、更多地掌握说话的技能；与性格内向的妈妈生活在一起的宝宝相比，唠叨妈妈的宝宝视野和交际范围都宽广得多，宝宝接收到的语言信息就越多，不知不觉积累了大量的词汇。

★引导孩子多说话

不要满足于宝宝说"是"或者"不是"，这是远远不够的。应该引导宝宝说更多的话，例如给孩子一些开放性的、引发性的话题，在提出自己的观点后，让孩子去发表自己的看法，不要在宝宝刚开始说的时候打断他的话，不管宝宝说什么，都应该注视着他的眼睛，和孩子保持平视，通过这样的肢体语言告诉孩子你正在认真地听他说话，得到说话满足感的孩子，才愿意讲更多的话。

★和孩子共同学习名词

名词通常是孩子掌握的第一类词汇，研究表明，20月龄的孩子掌握的大部分都是名词。所以，妈妈可以直接从名词入门，不仅仅是局限于认物卡片，凡是生活中接触到的事物，如看报纸和看电视时发现和孩子提过的名字，再结合报纸、电视的内容向孩子再讲解一遍，慢慢地，再从名词配合动词，并增加形容词来逐渐丰富语句。

游戏二：动物园

准备一些动物玩具布偶，小猫、小狗、小鸡等。

使宝宝学习变化声调的声音，从高音变为低间，从粗音调变为柔和调，让宝宝语言更为丰富；认识生活中常见的小动物。

游戏步骤：

1 大人与宝宝面对面坐着，妈妈将准备好的动物布偶摆放在宝宝伸手可以拿到的地方；

2 妈妈拿着小狗布偶对宝宝说："这是什么呀？"，然后自问自答："小狗狗"；

47

3

　　妈妈拿着小狗布偶，对宝宝说："小狗'汪汪'叫"，同时模拟小狗的动作；

4

　　将全部的动物叫声学给宝宝听后，拿着小狗布偶对宝宝说："小狗狗怎么叫啊？"

游戏提醒：

　　游戏时妈妈模仿这些动物的叫声要惟妙惟肖，故意突出声调的高低变化，比如小猫叫声很轻，小狗的叫声很响亮，模拟动物的表情将增加游戏的趣味性。

小贴士

　　在这一阶段父母可将"儿化语"引进宝宝的语言发展中。宝宝在1～2岁时，常常喜欢用单词或简单句表达自己的想法，如"糖糖""水水"，表示"我想吃糖"和"我想喝水"的意思，所用的词性中一般只有名词和动词。有时候一个词可以表示多种意思，名词也会作为动词来用。在宝宝1～2岁时出现的这种表达现象就称为"儿化语"。尽管宝宝在9～12个月时，能说出来的词还非常少，但了解了宝宝语言发展的规律后，应该提前引入"儿化语"，加快宝宝从听到说的速度。

5 如果宝宝发出声调正确给予表扬，如果声调错误，妈妈发出正确的声调给宝宝听，让宝宝模仿。

你知道吗？

"儿化语"的优缺点大比拼

正因为"儿化语"的简单易懂，抛开复杂的语法结构，适当的运用"儿化语"，可以加快宝宝学语言的进程。

★优点：

成人和宝宝处在平等的谈话基础上，给宝宝一种被尊重的感觉，利于培养宝宝开口说话的自信心。

符合宝宝的理解力水平，使成人更容易与其交流。

突出名词和动词，利于宝宝将具体的物体或动作和词语联系起来。

更易于宝宝理解词语的意思，利于增加词汇量。

★缺点：

用"儿化语"和宝宝说话，宝宝必须建立"儿化语"和标准语两套语言符号系统，既要学习"儿化语"又要学习成人间的标准语，必然给其造成双重负担，耗费宝宝的精力。

习惯说"儿化语"后，对正规语言的学习将是一种阻碍，将拖延宝宝过渡到说完整话的时间。

幼儿的大脑发育较快，求知欲很强，如果宝宝总是使用他们习惯的"儿化语"，就将习惯于无需多做努力的语言环境，语言潜能将得不到激发。

游戏三：玩具在哪里？

准备一些宝宝经常玩的玩具，如娃娃、小汽车、皮球等，适当增加一些宝宝平时不常见的物品，如手表、电话等。

游戏好处

增强宝宝记忆力，增加认识事物的品种，训练宝宝对语言的反应速度。

游戏步骤：

1 妈妈拿起娃娃告诉宝宝："这是小娃娃"，然后将娃娃摆到宝宝面前；

2 妈妈拿起宝宝不常见的物品，告诉他："这是手表"，依次摆到宝宝面前；

50

3

全部物品摆到宝宝面前后，妈妈提问："哪个是娃娃呀？"

4

宝宝拿起娃娃后，妈妈表示赞赏，摸摸宝宝的头，如果拿错，顺势告诉宝宝拿起的物品的名字，然后指出正确答案；

游戏提醒：

宝宝仅仅指认和说出生活中的常见物品是不够的，每天让宝宝复习已学过的物品名称，适当增加1～2个新物品，但每次训练时间不宜太长。反复多次比长时间连续效果要好，让婴儿留下印象更深刻。此阶段不宜在讲解名称时加上物品的用途，避免宝宝将名称和用途混淆。

小贴士

宝宝9个月时开始会表现理解力和对一件事物的注意力，能较长时间地把注意力集中到玩具和游戏上，用小手翻来覆去地摆弄玩具，仔细地端详它。你把物品藏在一块布下，他能把布撩起来找到它。他已经学会并爱上捉迷藏之类的简单游戏，当摇动、拍打物品发出悦耳的声音时，他会被自己弄出的声音吸引并且反复玩这个游戏。到12个月时，他甚至会做一些逗大人发笑的事情。在和宝宝进行语言训练时，抓住宝宝智力的发展进程，当宝宝发现玩具或者发出玩具的名称的音时，大人给出兴奋的反应，他会一遍一遍地反复做，在游戏中不断学到新词汇。

5 当宝宝能较熟悉的掌握这些物品名称后，妈妈拿起娃娃藏到身后，问宝宝："娃娃去哪啦？"

6 宝宝会爬过来，找出娃娃，拿给妈妈看。

 你知道吗？

5个诀窍让宝宝爱上和你说话

★把自己也变成孩子

怀着一颗童心和小宝宝说话是非常重要的。童心未泯，才能抛开"大人""父母"的身份，将自己融入到宝宝的世界中去，当你接纳了孩子的世界，孩子才有可能接纳你。

★关心孩子的内心世界

不要偏执的认为小宝宝就没有自己的想法，多跟孩子接触，你就会从他们的语言及行为中知道宝宝其实也有各种喜好、内在需要。

★关注孩子的反应与态度

大人在和孩子说话时，常常会急着表示自己的意见和指示，希望孩子乖乖照自己的话去做就好，却忽视了宝宝也有沟通的需求，时间一长，孩子感觉与父母沟通不舒服，就不再喜欢开口和你说话。

★了解孩子的语言发展进程

孩子这个阶段只能发出一两个音，只能说出几个单词，可是父母并不了解，尽说些孩子无法理解的话，或提出一些孩子达不到的要求，孩子觉得吃力、压力大，自然也不愿意和大人说话。

★丰富宝宝的日常生活

好奇心是帮助宝宝学语言的好帮手，因此培养孩子一颗敏锐、好奇的心是很重要，经常带宝宝外出，观察身边的各种事物，如一花一草一木，路上车子的颜色、造型、品牌，街上行人的穿着打扮等，这些都可以引起宝宝的好奇心，产生和你说话的冲动。

游戏四：老鼠上灯台

游戏要求

有条件的父母，可以准备儿歌内容中出现的物品，丰富儿歌的视听内容。

游戏好处

理解短句的意思，模拟整句的发音和语调的变化。

游戏步骤：

1 妈妈拿出准备好的小老鼠玩具，或一张画着老鼠的小图片，告诉宝宝："这是小老鼠"；

2 妈妈念"小老鼠，上灯台"，同时将手中的老鼠道具模拟上灯台的样子给宝宝观察；

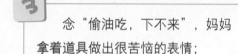

念"偷油吃，下不来"，妈妈拿着道具做出很苦恼的表情；

念"叫妈妈，妈妈不应"，同时做摇头的动作；

游戏提醒：

父母对宝宝要求不要太高，宝宝既要记住童谣的发音，又要学习相应的动作，一时间很难马上学会，应该每日练习1～2次，并且充分调动宝宝的兴趣，当宝宝说出"台"字或者别的字的时候，马上鼓励他，这对宝宝来说也是不小的进步。

小贴士

父母应该给宝宝做语言发展进程记录，制定学习计划。学习童谣时，用心记录宝宝每次能学会几个动作，分辨宝宝能发出哪几个类似的字音，方便下次练习时纠正宝宝的错误。当然，父母也不是宝宝肚子里的蛔虫，如果宝宝一时难以马上学会，你可以耐心的等待一会或是借助眼神交流、身体接触等方法，使宝宝懂得你对他的任何反应都很感兴趣。随着连续次数的增多，和宝宝发音器官的发育成熟，在2～3岁时，经过训练的孩子能将学过的童谣一字不漏的说出来。

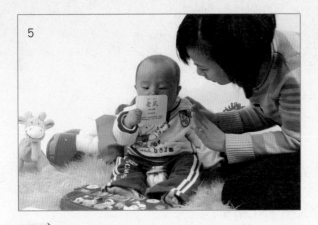

念"咕噜咕噜滚下来"，将手中的老鼠转几个圈，放在宝宝面前；

6
妈妈将老鼠交到宝宝手中，教宝宝重复以上动作。

快乐童谣，帮助宝宝学说话

0～3岁是宝宝口语发展的关键期。此时，他们对语言具有一种特殊的感受力，对环境中的各种语言刺激都格外敏感。童谣可以说是宝宝最早接触的语言类作品，它具有篇幅短小、富于情趣、语言浅显、音韵和谐的特点，父母在念童谣的过程中加上活泼的动作，非常有利于正处于语言敏感期的宝宝练习说话。

童谣能让宝宝读准字音。生活中有些字字音相近，发音器官尚未发育完全时宝宝容易读错，而儿歌将特别的字音与形象的情境联系起来，让幼儿在形象风趣的语言中，巧妙地记住字音，强化了读音效果。

童谣中包含了大量的生活元素，丰富宝宝的认识、拓宽宝宝的视野。活泼明快的童谣满载着美好，就像妈妈的怀抱、外婆的摇篮，或是春天的田野、热闹的森林，对于孩子有着挡不住的诱惑。而且童谣语言明快、生动，读起来朗朗上口，符合宝宝的认知发展规律，他们比较容易掌握，所以在童谣中获取知识是幼儿所能够接受，而且易于接受的。

童谣还有利于宝宝积累大量的词汇。日常生活环境中接触的词汇是有限的，但是童谣的题材无限广阔，从科学知识、生活片段、自然景观、动物世界等，让宝宝提前接触很多不能亲身去经历、去感受的场景。童谣中运用丰富的生动的语言对这些场景进行描述，让宝宝在不知不觉中，在脑袋瓜中记住了这些词语的含义，并且随着生活范围的扩大，在实践中不断理解和完善这些词汇的更多意义，促进宝宝口语表达能力的发展。

9个月~12个月宝宝语言能力综合测试表

听的能力 	听懂"不"的意思，用摇头、摆手等动作回应	Yes( ) / No( )
	听到大人语音、语调中包含的情绪	Yes( ) / No( )
	听到自己的名字有反应	Yes( ) / No( )
	听得懂问句，用视线或手势语作答	Yes( ) / No( )
	听懂3～4个字组成的一句话	Yes( ) / No( )
说的能力	少数宝宝会叫爸爸、妈妈	Yes( ) / No( )
	能连续模仿发音	Yes( ) / No( )
	会说2～3个单词并配合动作表示意思	Yes( ) / No( )
	发出的声音有音调、音高的变化	Yes( ) / No( )
	在大人提示下会叫奶奶、姑姑等	Yes( ) / No( )
	喜欢反复重复说会说的字	Yes( ) / No( )

宝宝口语游戏记录表

日期	月龄	游戏名	游戏趣事	值得纪念的事	前辈妈妈记录
		认脸谱			一开始不能让宝宝认太多五官，基本上两个地方就够了，等宝宝熟练后再增加，不然宝宝老是分不清乱指。
		动物园			游戏时大人的表情和动作一定要夸张，这样才能引起宝宝的兴趣。家里来客人时让宝宝模仿给大家看，并且马上表扬他，宝宝会越来越大胆的说话。
		玩具在哪里			当宝宝找到他喜欢的玩具后，开始自顾自的玩起来，这时大人一定不能放弃，拿起另一个玩具不停引逗他，他会觉得可能妈妈的更好玩，爬过来向你要。
		老鼠上灯台			如果没有老鼠的玩具，可以用手绢折出一只布老鼠，配合儿歌让布老鼠做各种动作，结果宝宝很快学说"老鼠"，只不过发音不准通常说成"老古"！

第四章 12个月～18个月 正式开始学话、单词阶段

 脑子里储存大量的词汇

12～18个月的宝宝开始进入正式说话阶段，理解能力和辨别力明显提升，经过12个月的听、看、模仿各种发音，大脑中已经储存了大量的词汇，主要特点是听得多，说得少，理解多，表达少，但是已经为随时说话做足了准备。

这个阶段，宝宝的大脑比周岁前对大人的说话或自己的发音更敏感。这一变化使大脑对语言的处理过程更迅速，因此宝宝可以对他们听到的说话声进行更好、更快的理解。因此，大人的说话有利于宝宝词汇量的增长，在和大人进行"对话"时宝宝听到的词越多，他吸纳的词汇量就越大，而且增长也越快。但是这个时期宝宝还是不能清晰地说话，大人在对话过程中很难理解他们在说什么，但是大人可以倾听，用眼神接触，适时的"嗯嗯"答应两声，尽可能做出反应，这样你会给他们传递这样的信号：宝宝你说的话我们都在认真的听。这样既能鼓励他们继续和大人交流，在和宝宝交流的过程中会帮助他们在接受性语言和表达性语言两方面都得到进一步发展。

> **12～18个月语言发展指标**
>
> 说出一些有意义的单词；认识5～7个身体部位；用单词表达自己的要求；掌握20～50个新词；学会"你好""再见"等简单交际用语；用眼神或手势回答大人的提问；向他要东西知道给；用语言表到"是"和"否"的意思；掌握家庭成员的称呼。

值得提醒的是，这个年龄的宝宝说话还是不多，大人不要因为宝宝说的不多而产生误解，因为此时宝宝所能理解的语言远比他们自己能说出的要多，这是一种正常现象。例如大人问他们"球在哪里？"时，他们会用手指出球的位置，或者跑过去把球拿给你，这都说明宝宝在积极的理解大人说话的意思，由于孩子掌握的词还很少，常以动作来补充语言的不足。一些开口说话较晚的孩子，他能将听到的话都储存在大脑里，以后会突然开口，非常爱说话，词汇增加很快，甚至在短时期超过一些讲话早，说话多的孩子。

这个阶段以词代句，一词多意，使用"儿化语"的情况频繁，如叫"妈妈"这个词，是代表一句话，可能是"要妈妈抱"，也可能是"妈妈不要走"，或是"妈妈给我玩具"，可能有多种不同的意义。有些词发音太难，孩子常常以音代词，重叠发音。如以"喵喵"代表猫，"汪汪"代表狗。父母在孩子开口学单词并积极理解语言的时期，应利用各种机会与孩子交谈，让他多听、多看、多理解日常生活中所接触的事物的名称，如衣、裤、菜、饭、动物、植物等。理解各种动作，如坐、走、抱、拿、吃等。理解父母对他的要求，如张嘴吃饭，摔跤爬起等。并能在理解的基础上模仿成人发音、运用单词来表达自己的愿望和要求，加快速度激发孩子的语言潜能。

小贴士

听电视里的说话声或在大人之间的交谈不能达到词汇快速积累、继续提升理解力的效果。最好的促进方式是直接对宝宝说一些对他们有意义的事，特别是他们自己的行为、感受和说话的尝试。在日常生活中经常指着宝宝周围的物体、人和正在发生的活动是最简便的方法。

宝宝最爱的语言启蒙小游戏

游戏一：猜谜取物

游戏要求

准备一些宝宝常接触的玩具、用品。

游戏好处

让宝宝根据你的描述做出判断，锻炼宝宝的语言理解和分析判断能力。

游戏步骤：

1　妈妈将布娃娃、小铃铛、小狗玩具、奶瓶等摆放在宝宝面前；

2　妈妈模仿小狗的叫声"汪！汪！汪！"，观察宝宝的反应；

3 妈妈指着摆放在宝宝面前的物品,问宝宝:"狗狗是哪个啊?"

4 宝宝指出小狗的位置,妈妈将小狗玩具交到宝宝手中,问:"狗狗怎么叫?"

游戏提醒:

如果宝宝一时不能找出正确的物品,妈妈应该给出更多的提示,可以是这些用品在生活中的用途,宝宝对这些物品的称谓等。经过反复训练,宝宝熟悉游戏过程后,可适当增加物品的数量,加大游戏的难度。

小贴士

这个阶段宝宝的理解和分辨能力大大提升,重点是让宝宝理解一个简短句子表达的意思,不应该局限于仅仅学习单词的含义,将词汇结合到句子中来,能更好的帮助孩子理解词义。另外,妈妈可以适当加快和宝宝说话的语速,如果还是停留在缓慢的语速,夸张的口型和表情,有可能延迟宝宝的语言发展速度,因为这时的宝宝已经脱离了咿呀学语的阶段,需要父母教给更多的知识才能满足他飞速运转的脑袋瓜对语言的需求。所以,将和孩子说话作为一项生活趣事,放心大胆的和宝宝说话吧。

5 宝宝模拟小狗的叫声，妈妈亲亲宝宝以示表扬；

6 妈妈将小狗玩具放回原位，拿起其他物品重复2～5的步骤。

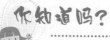
你知道吗？

是时候教宝宝礼貌用语啦！

1岁后的宝宝已经能够认识经常见到的家庭成员，这时可以在生活中教宝宝一些常用的礼貌用语，从小培养孩子懂礼貌的品质。

★利用实际生活场景	大人可以利用周末或傍晚时间，带宝宝到户外活动，每次出去遇到街坊邻居，立即对宝宝说："宝宝叫阿姨，宝宝叫爷爷，宝宝叫奶奶。"在外出过程中得到邻居、陌生人的帮助，引导宝宝对他人说"谢谢阿姨（叔叔）！"；家里亲戚、客人到访时，让宝宝对客人说"叔叔，你好！""外公好！"等，当客人离开时，和宝宝一起把客人送到门口，教宝宝说"再见"，同时挥动宝宝的小手，让宝宝理解动作和再见这个词的意思，还可以让客人帮忙对宝宝说"和阿姨说再见！挥挥手！"等，虽然一开始宝宝还不能说出这些话，但是作为家长要不厌其烦的替宝宝说出各种礼貌性的语言，让宝宝受到潜移默化的影响。这种实际生活中的场景，是难得的礼貌用语训练机会，大人应该多注意。
★利用电视广告、故事场景	宝宝1岁多已经会自己看电视了，比如当看到电视上一个孩子的衣服脏了，妈妈给他洗干净，孩子亲了亲妈妈的脸说"谢谢妈妈！"，大人可以将电视内容复述一遍给宝宝听，用一对一的对话形式将电视内容在宝宝脑中巩固，下次实际生活碰到类似场景时，提醒宝宝学习电视上学到的知识，向大人说谢谢；听故事是所有孩子都喜欢的事，当故事中出现礼貌用语时，妈妈可以及时的穿插进生活中相似的场景，告诉宝宝下次遇到这样的情况应该怎么说。
★以身作则、用行动影响孩子	注意家庭对话中运动礼貌用语。比如丈夫下班回到家，妻子为丈夫倒一杯热茶，丈夫对妻子说谢谢；丈夫外出时说再见，路上小心；爷爷奶奶来家里时，请老人做下休息，为老人盛饭等。这些小小的语言和行为都会影响宝宝，使他受到良好的熏陶。

游戏二：认年龄

游戏好处

初步教给宝宝年龄的概念，理解数字"1"的含义。

游戏步骤：

1 妈妈竖起食指示范，教宝宝也竖起他的食指；

2 妈妈边向宝宝竖起食指，边说"宝宝1岁了"；

3

当妈妈说完"宝宝1岁了"，让宝宝竖起食指；

4

反复练习"1岁"的发音，同时问宝宝"小手怎么做？"

游戏提醒：

12～18个月的宝宝还不可能完全学会抽象的1～10个数字，但是可以从宝宝的年龄开始，初步教给宝宝数字的概念。认年龄这个游戏可以在家里随时进行，当宝宝伸出食指表示1时，大家都高兴地笑起来，宝宝也会很得意，并喜欢上重复做这个动作。

小贴士

12～18个月的宝宝对"我""你""他"这些抽象的助词还没有准确的认识，而从认识自己开始，是教宝宝认识各种助词的最好方法。教宝宝认识自己也有一个从简单到复杂，从具体到抽象的过程。首先教孩子知道自己的名字，这个在1岁前大人叫宝宝的名字，他已经出现了反应，到了1岁半听到大人的呼唤，马上就能迅速用眼睛望着你，或朝大人跑过来。等宝宝满了1周岁就可以向他灌输年龄的概念，一开始时借助手指的动作，也符合这个年龄段宝宝喜欢用肢体语言代替说话的特点，便于宝宝理解1的概念，将游戏融入到日常生活中，反复提起，会让使宝宝觉得有趣。日常交际中，也可以由妈妈代替宝宝问同龄的孩子："你几岁啦？"，再指导宝宝伸出手指告诉对方自己的年龄，既帮助宝宝学习交际技巧，也加深宝宝对自己的初步的认识，增强宝宝的自豪感。

5

当宝宝竖食指表示回答后，妈妈马上接着说："宝宝1岁了！"

宝宝1岁了！

你知道吗？

方言和普通话，宝宝先学谁？

当宝宝进入正式开始学说话阶段后，大人应该用普通话与孩子交谈，至少要以普通话为主，应当尽量少用或不用方言。对于刚开口说话的宝宝来说，用方言弊大于利。

首先，使用方言会起到一个先入为主的作用，混淆了普通话语音，不利于宝宝学习标准汉语发音。例如比如，上海方言从不翘舌，"四""是"不分;四川方言中"湖南""湖蓝"不分。随着孩子对自己方言语音的稳定掌握，再来学习普通话就很难将先前掌握的错误语音与标准语音区分开来，这会给宝宝学习正确的普通话发音带来很大的阻碍。

第二，方言词汇和普通话词汇的词义差别很大，不利于宝宝理解正确的词义。比如广西方言中"累"和"困"没有太大的词义区别，普通话中前者指身体疲乏，后者则指打瞌睡。

第三，方言语音的使用，给孩子学习语法带来困难。如在量词和名词的配对方面，普通话与方言相差很大。上海方言中"凳子""椅子""桌子"都用"只"计量，而普通话中只说"一把椅子""一张桌子"。宝宝容易用方言中的量词来取代规范化量词，出现语法错误。

但是一方水土养一方人，方言作为一个情节，作为当地人不会说方言，又有点说不过去。对于持这种观念的大人，建议在2岁以后，宝宝对不同的语言有一定的区分能力时，再学习更为妥当。

游戏三：打电话

游戏要求

准备几部玩具电话，或是直接利用家里的电话作为游戏道具。

游戏好处

设置特定的语言环境，鼓励宝宝尝试用语言进行表达。

游戏步骤：

1

妈妈鼓励宝宝拿起电话，教宝宝拨号的动作；

2

妈妈示范，教宝宝将电话放到耳朵旁；

3 让宝宝摆弄电话，几分钟后，妈妈用自己的手机拨通宝宝的电话；

4 妈妈指导宝宝将电话接起，并鼓励宝宝说"喂"；

游戏提醒：

当宝宝对电话的功能熟练掌握后，还可鼓励宝宝给家人打电话，说"爷爷""奶奶""婆婆""好""宝宝""再见"等。对月龄较大的宝宝，交流的内容可更丰富些。

小贴士

打电话的游戏可以帮助宝宝丰富词汇，与宝宝讲电话的内容可以尽量宽泛并且多使用提问的形式，如对宝宝说："喂，是宝宝吗？吃饭了没有？"注意观察宝宝的反应，若宝宝能开口，一定要多听宝宝说，鼓励宝宝说出完成的句子。

另外，大人与宝宝进行电话游戏时，说话要简洁明了，注意讲电话时的礼貌用语，养成宝宝良好的说话习惯，打完电话指导宝宝将电话放回原来的位置。

5 说话结束后，教宝宝说"再见"并把电话放下。

Call Me

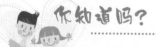

你知道吗？

巧用设问句引导宝宝开口

宝宝说话早晚因人而异，但宝宝迟迟不开口，父母干着急也没办法，其实，利用设问句可以巧妙地引导宝宝开口。

首先应该在宝宝情绪高涨的时候对宝宝提问，这时大人可以掌控一项宝宝喜欢做的事情。比如：把他最喜欢的玩具拿在手里。关键的一步，就是教宝宝学习回答。比如问宝宝"要不要?"，如果他伸手来拿，就停下来告诉他："你说'要'，才能给哦!"。有两个大人在场的话，可以给宝宝做示范。类似的提问可以贯穿在生活的方方面面，密集地使用设问句，让宝宝感到有趣。在吃饭时间问宝宝"要不要喝牛奶?"，当宝宝累了的时候问"要不要妈妈抱?"，当宝宝在吃东西时间"可以给妈妈吃点吗?"。

在不断地让宝宝练习设问句回答时，还要用夸奖来鼓励宝宝。例如：在让宝宝获得玩具的过程中，变换句子让宝宝学会开口回答，多问"要不要?""能不能?""好不好?""行不行?"等类似的设问句，逐渐加大设问句的难度"喜欢吗?""好吃吗?""吃饱了吗?"等，让宝宝从单字回答到发展到单词的回答，如果宝宝开口了，不要吝啬你的夸奖。经过一段时间的训练后，你会发现宝宝很喜欢回答问题，开口说话的次数也越来越多，渐渐的从不说话到喜欢说话，从发音不清到吐字流利。

游戏四：认相册

准备一本家庭相册，相片要清晰，能让宝宝看清楚。

锻炼宝宝的记忆力，通过相片认出熟悉的人。

游戏步骤：

1

妈妈拿出有宝宝放大照片的相册，指着宝宝的相片问："这是谁啊？"

2

指导宝宝用他自己的名字回答，比如说："是不是东东啊？"

69

3

妈妈指着相片中自己的样子问宝宝："这是谁啊？"

4

若宝宝认出来会指指妈妈，妈妈要引导宝宝回答"妈妈"，如用手指着自己说"妈妈"；

游戏提醒：

如果家里来了客人，还可以让宝宝根据相册给客人介绍，这是谁，那是谁，在干什么等，多向宝宝提问，这可以锻炼他的表达能力，扩大词汇量，还可以帮助他回忆经历过的事情。

小贴士

之前的语言训练中，多数用看得见、摸得着的实物训练宝宝认识物品的名称，介绍相册则是充分运用宝宝的分辨力、记忆力来认识事物，对宝宝来说是一种全新的体验。一开始宝宝可能会将注意力转移到对相册的好奇上，妈妈先不要阻挠宝宝的兴趣，可以顺着宝宝的兴趣教他翻相册，然后突然对宝宝发问"看！这是谁？"，顺势将宝宝的注意力转移到认人上来。

5

妈妈再指着爸爸问："这是谁啊？"，宝宝经过前几次的训练回答"爸爸"。

如何指导宝宝正确发音？

虽然宝宝已经能掌握20~50个词，但是发音不准的情况还是普遍存在，父母可以从以下几个方面指导宝宝正确发音。

首先，创造良好的语音环境，父母要为宝宝做出正确的榜样。父母是宝宝最亲近的人，也是宝宝发音的主要模仿对象，父母发音清楚、正确，是宝宝学习正确发音的前提，从宝宝还处于光听不说的时期，就已经熟记家长的发音，到了正式学说话阶段，开始学父母的发音，家长如能坚持说普通话，孩子才能较准确地学好普通话的语音。

其次，对难咬准的音，要引导孩子经常练习。宝宝是靠模仿形成语音反应，这些发音必须经过多次重复才能巩固，语音练习应该与宝宝生活相结合，不要刻意拿出来训练，避免宝宝的抵触心理。如宝宝总把"吃"说成"吱"，可以在吃东西时，经常问宝宝"好不好吃？""喜欢吃什么？"，反复教孩子练习"吃"字发音。

第三，让宝宝观察大人发音时的口型。大人教孩子发音时，要做出明显的口型，让孩子仔细观察，学习舌头的动作等，如发卷舌音时，舌头向上弯曲等。

12个月~18个月宝宝语言能力综合测试表

	能安静、专注地听家长讲故事	Yes(　) / No(　)
听的能力	喜欢重复的听一个故事或一首儿歌	Yes(　) / No(　)
	听懂简单的设问句	Yes(　) / No(　)
	理解各种简单指令并执行，如坐、走、抱、拿、吃等	Yes(　) / No(　)
	听懂3～4个字组成的一句话	Yes(　) / No(　)
说的能力	经过反复倾听，能接着读出儿歌末尾一两个字	Yes(　) / No(　)
	会说出家庭成员的称谓	Yes(　) / No(　)
	能说出20～50个单词	Yes(　) / No(　)
	学会模仿动物的叫声	Yes(　) / No(　)
	会发叠音，说简单的句子	Yes(　) / No(　)
	对家长的问话做出简单的应答	Yes(　) / No(　)
	会说"你好""再见""谢谢"等简单礼貌用语	Yes(　) / No(　)

宝宝口语游戏记录表

日期	月龄	游戏名	游戏趣事	值得纪念的事	前辈妈妈记录
		猜谜取物			猜谜取物任何年龄段都可以玩，但是这时应该给宝宝更多自主权，让他自己去拿认准的物品，同时模仿物品平时能发出的声音，逐渐形成一种比较固定的游戏模式。
		认年龄			对这个年龄段的宝宝来说，平时经常和宝宝强调他的年龄，让懂得自己1岁不是特别困难的事情。并且宝宝慢慢地对自己满1岁感到很自豪。
		打电话			宝宝太喜欢这个游戏了，虽然还不能很流利地说话，但是对着电话开始煞有介事的说起话来，像个小大人一样可爱极了。
		认相册			宝宝一开始只是对妈妈的相片比较感兴趣，渐渐地认出相册中其他亲近的人，进而发展到叫出他们的名字，这不是一次两次训练就能学会的哦。

第五章 18个月~2岁 简单句阶段，掌握最初步的语言阶段

 ## 说话成了生活中的大事

18个月~2岁，迎来了宝宝的语言爆发期，是宝宝吸取语言信息最旺盛的阶段，宝宝已经能够间断地并逐渐能连续地使用两个词表示事物，且对语言信息的需求更加旺盛。

进入语言爆发期后，宝宝学习口语最明显的特点就是对新词汇的需求明显增大，单靠日常生活中的语言已经明显不足。父母除了日常生活中继续与宝宝交谈外，还必须从书本中汲取丰富的词汇，给孩子读书、讲故事、说儿歌、听儿歌才能满足孩子语言需求，抓住这个宝宝大量吸取语言信息的黄金期，让孩子多说、多听、多看，他的语言表达能力将有突飞猛进的发展。

这个时期宝宝已经不太需要父母去刻意的引导他说话，当他饿时，他会主动和妈妈说"妈妈……饿"，"宝宝要……吃饭"，当他感到孤独时会说"妈妈……抱"，当妈妈早上出门上半时他还会说"妈妈，再见"。这表明宝宝正在由"双词句"向"简单句式"过渡，他把单词联系起来表达和陈述思想，并开始与人进行双向主动地交流。

18个月~2岁语言发展指标

每月能掌握25个新词；2岁前词汇量增加到200~300个左右；喜欢主动和亲近的人说话；说很多的双词句；喜欢听同一个故事，并能简单复述故事内容；小儿语逐渐消失；说话时动作和手势语减少；能理解一些方位介词、时间介词和表式颜色的形容词。

随着孩子思维能力的产生和发展，宝宝的好奇心也趋势他想不停的说话，会向大人提出各种各样的"为什么"，这对于刺激宝宝说更多的话，对以后的兴趣、想象力的发展都具有重要意义。作为父母要尽可能满足宝宝的提问，切不可敷衍，更不能厌烦，对于实在回答不了的问题就老实说："这个问题提得好，妈妈要看了书才能回答你"。或者说"等你长大了，会读书，书本会告诉你的"。否则信口胡言的胡编乱造，会误导宝宝的思维，或者打击宝宝的积极性。

值得提醒的是，宝宝的表达能力有了很大的发展，最喜欢做的就是"接话"，妈妈说什么，他也说什么，还喜欢不停的重复新学道的一句话。此时，父母应该规范自己的日常用语，不再和宝宝用"儿化语"对话，也不要再宝宝面前说脏话，给孩子一个优雅、文明、健康的语言环境。

小贴士

这时候的儿童语言有一个明显特点——简洁、明了，像电报的文体一样，称为"电报语"。这是因为宝宝想表达一个意思，但是又没有足够的词汇来表达的现象。

游戏一：悄悄话

游戏要求

根据宝宝语言表达能力设计游戏的难度。

游戏好处

设置有趣的场景让宝宝练习表达自己，调动宝宝说话的积极性，同时也能锻炼宝宝的记忆力。

游戏步骤：

1 妈妈和爸爸隔开一段距离，妈妈用神秘的表情悄悄对宝宝说一句话，如"小白兔睡着了"，然后让宝宝把这句话告诉爸爸；

2 爸爸俯下身，让宝宝在耳朵边悄悄的说话；

3

爸爸将宝宝说的话再悄悄的告诉妈妈；

游戏提醒：

宝宝传错话不要批评他，以免因此影响玩游戏的情绪，打击他的游戏积极性。另外，传话内容可根据宝宝的喜好确定，一些有悖常理、充满童趣的语言会增加游戏的乐趣。如"小老鼠上灯台"，"月亮爷爷睡着了"，"爸爸今天不听话"等等。

小贴士

此阶段宝宝出现"学舌""接话"的特点，从宝宝语言发展规律看，儿童语言的发展，经过理解语言的阶段以后，就进入了语言活动阶段。宝宝"学舌"实际上正反映了他们说话的需要。"学舌"的时候，也是宝宝思维最活跃的时候，说着让自己感到高兴的事，使他处于愉快之中，保持着愉悦的心境，这对身心健康非常有好处，也对思维能力和语言表达能力的提高也十分重要。

4

如果宝宝传达正确，换一个新的传话内容，如果传不正确，再重复一遍。

你知道吗？

及时制止宝宝的粗鲁语言

宝宝语言能力有了质的飞跃，特别喜欢说话，经常把家人逗笑，但是，有一次宝宝竟然突然冒出来一句粗话，这怎么得了，赶快帮助宝宝纠正吧！

首先，当你不能接受孩子说的话或不能容忍他说话的语调时，应该立即向宝宝表明你的立场，可以这样说"我们都要尊重别人，我们从不像刚才那样说话。"或是"你这样说话，妈妈要生气了。"让宝宝明白他这样说话是错误的。

其次，对事不对人，应受指责的是粗鲁的语言，而不是孩子本人。同时，要给宝宝重新选择的权利，你可用开玩笑的口气说："你真的要那样说吗?"如果孩子意识到自己的错误并加以改正时，要表扬一下他，并用正确的语言教他礼貌的与人对话。

第三，宝宝有时在生气、受挫折、失望或是被冷落时，就会说脏话，表现得粗野无礼，顶撞大人。通常这种极端的情绪不会持续得太久，所以有时大人忍不住要大发雷霆，但这种情况下最好还是克制自己，等到孩子心情恢复时，马上指出他语言中的错误。

第四，耐心地向孩子解释粗鲁的语言会让人很生气、很伤心和失望。平静地向孩子讲述他无礼顶撞时你的内心感受，不要以为孩子不懂，当你流露出伤心的眼神时，孩子已经明白他伤害了你的感情。

最后，有些父母在面对孩子的粗鲁语言时，不但没有马上制止，还被孩子的话逗笑，哄逗孩子，这会让孩子为自己的语言得意，更加是无忌惮的说，最后养成难以改变的坏习惯。

游戏二：彩色玩具

游戏步骤：

1　妈妈将不同颜色的玩具装到篮子里，注意不要将同色的玩具与篮子装到一起；

2　把篮子放到宝宝面前，让宝宝将篮子打开拿出玩具；

79

3 当宝宝将玩具拿出来的时候，告诉他玩具的名字，比如"这是一个红色的苹果"；

4 让宝宝打开另一个篮子，将玩具拿出说"这是一个绿色的西瓜"；

游戏提醒：

一开始宝宝可能只注意物品的外形，不太注意颜色的区别，可以选取色差明显、对比强烈的玩具或物品让宝宝分辨。

小贴士

1～2岁的宝宝喜欢鲜艳的颜色，如黄、绿、蓝等，而不喜欢黯淡的颜色，另外，一开始教宝宝理解颜色的感念，最好通过实物来辨别，如宝宝已经认识了气球，在此基础上再来明白什么是红色的气球，什么是绿色的气球，且与有趣的游戏结合起来，宝宝会比较快地理解不同颜色的区别。如果单纯地教宝宝在集中颜色之间绕来绕去，他很快会对识别颜色的活动失去兴趣，同时也无法理解颜色的概念。日常生活中，经常让宝宝复习学过的颜色，如穿衣服的时候，问他"宝宝的袜子是什么颜色啊？"外出时指着草地问宝宝"小草是什么颜色？"等，生活中的一切素材都可成为宝宝掌握颜色形容词的教具。

5

当宝宝将全部的玩具拿出来后，让宝宝将玩具放到指定颜色的篮子里。

你知道吗？

怎样教宝宝把话说完整

2岁前宝宝说话还不能将一句完整的话说清楚，还是喜欢用一两个词来表示一句话的意思，如"妈妈，鞋子""爸爸，抱抱"，当情绪不好，哭闹的时候可能只会说出一个词，只能根据他的动作和表情弄懂它的意思，这时我们常会看见大人更急躁地说"把话说清楚"，其实，如能尽早教会孩子将想说的话说清楚、完整，对宝宝的思维和说话方式都有深远的意义。

宝宝说话是通过模仿成人的语言，大人应该尽量用完整的句子向宝宝说话，例如"穿鞋子"最好说成"宝宝，把鞋子穿上"，"饿吗？"说成"宝宝，你饿了吗？"，宝宝听到的越多的词，就会重复它们并学着正确地使用它们。如果总是习惯用单词或短句来替代整句向宝宝说话，宝宝也就模仿大人的话，难以将长句子说完整，思维能力和表达方式都将受到限制。

有些家长总是认为说太长的话宝宝会听不懂，不要小看宝宝的听觉能力，他其实早就能听懂你说的话，只是尚无法用自己的语言表达出来，一旦他掌握了更多的词汇，就能将你说的话完完整整的复述出来。如果越早有意识这样培养孩子的表达能力，他说出完整的话将不是什么难事。

最后，生活中大人还应该纠正孩子用动作、表情或眼神代替说话的毛病，严格要求宝宝用完整的句子表达意思，当宝宝抗拒时，大人可假装听不懂他的话，教他说完整的句子，复述出来后再满足他的要求，为了得到想要的东西，孩子是很愿意按大人的要求努力的。

游戏三：找朋友

游戏要求

全家人积极相应，需要每一个家庭成员热情参与。

游戏好处

教会宝宝使用连词"和"；启发宝宝边念儿歌边做动作，鼓励宝宝大胆地邀请每一个人。

游戏步骤：

1　全家人坐下，边拍手边念儿歌"拍拍手，向前走，找到朋友握握手"；

2　妈妈在念完最后一个"手"字时，拉住爸爸的手并说："我和爸爸是好朋友"；

3

重复念儿歌，指导宝宝也在念完"手"字时，可以抓住妈妈的手，并教宝宝念"我和妈妈是好朋友"；

4

继续重复念儿歌，让宝宝继续找其他人做朋友（爸爸、爷爷、奶奶等）；

游戏提醒：

　　游戏前先充分调动宝宝的积极性，妈妈示范一遍后，可由爸爸再示范一次，均选择先和宝宝成为朋友，提起宝宝的兴趣。

小贴士

　　宝宝最喜欢儿歌极富韵律和欢快的节奏，宝宝还特别喜欢看和听成人念儿歌时亲切、夸张、丰富的表情和口型以及身体动作，这个时期的宝宝会用单词和词组说自己身边发生的事，他们生活的环境，而且有了最初的语句形式。父母们无需再把精力放在宝宝词语的内容上，而是训练孩子使用句子表达，其中包括了语法的成分，这种训练应该在宝宝的生活环境中进行，鼓励他们与身边的人大胆的交流，是培养孩子学会交际语言的最好方法。

5

当宝宝和所有人成为朋友后，可宝宝交换位置，换大人来找朋友。

你知道吗？

通过讲故事提高宝宝的表达技能

除了儿歌，生动有趣的故事也是这个时期宝宝的最爱。听故事的过程中不仅能发展宝宝的想象力，还能借许多日常生活中很少用上的词汇，学会更多组词和成句的规律。那么，大人应该怎样通过讲故事来发展宝宝的语言呢？

★成人给孩子讲故事首先要坚持说普通话，不要使用方言。要以清晰、准确、规范的语言做孩子学习发音的榜样。

★讲故事过程中，可借助于表情、手势等来演示一些常见的、浅显的词，帮助孩子理解词义。

★讲故事时所涉及的词义要浅近、准确，尽可能让孩子运用已有的知识经验来理解词义。

★讲完故事后，可让孩子复述故事中的部分情节或故事大意，以培养孩子的概括能力，发展孩子的创造力。

★故事讲到某一关键处，中断讲述，启发、引导孩子用自己的想象，创编出以后的情节。

★利用故事内容中的某个环节，充分给孩子提供模仿、练习的机会，如模仿故事中某些对话、声响等。

游戏四：娃娃的新衣服

游戏要求

纸、彩色水笔。

游戏好处

教孩子看图说出自己的要求，同时培养孩子对绘画的兴趣。

游戏步骤：

1

妈妈在纸上画个小娃娃的，问宝宝："宝宝看，这是什么啊？"

2

妈妈告诉宝宝："这是一个小娃娃"；

85

3

妈妈给娃娃的衣服涂上红色对宝宝说："小娃娃穿上了红色的衣服"；

4

再画一个娃娃，让宝宝选中一支彩色笔，给娃娃的衣服上色；

游戏提醒：

宝宝一开始可能会将注意力集中到彩色笔上，妈妈可以握着宝宝的手，教他给娃娃衣服上色。

小贴士

教语言不是枯燥的模仿。经常有父母说，宝宝学的单调的模式随着孩子的长大，效果越来越不明显，还常常遭到宝宝的拒绝，因为有些比较抽象、难发音的词语，宝宝一时半会很难掌握，但是心急的父母硬逼宝宝"鹦鹉学舌"，使孩子产生抗拒心理，另外，随着快2岁的宝宝活泼好动，注意力很难长时间集中到语言的学习上来，这时如果在学语言的同时，配合宝宝感兴趣的事情，效果将大大不同。大多数的宝宝对绘画都有很大的兴趣，在游戏中让宝宝真正动手参与进来，对宝宝来说这样的游戏会有更大的吸引力。父母也要保持快乐的表情且用亲吻和拥抱来及时奖励宝宝的进步。

5 妈妈拿着图画念"红娃娃，黄娃娃，彩色裙子真漂亮"；

6 让宝宝随机拿起不同颜色娃娃图片，妈妈教宝宝按颜色念儿歌。

小小绕口令，语言学习好帮手

绕口令是一种传统的语言游戏，对宝宝的语言和思维发展有很大的促进作用。

由于绕口令是将若干双声、叠音词或发音相同、相近的语、词有意集中在一起，组成简单、有趣的语韵，要求快速念出，读起来让人感到节奏感强，妙趣横生。但如果没有快速的思维、良好的记忆、伶俐的口齿，是很难做到的，经常说绕口令，能有效提高宝宝的语言能力，还能增强宝宝的记忆力、反应能力，并使宝宝的思维更敏捷，但是对于刚学说话的宝宝，教绕口令时，要注意下面几个方面。

★**循序渐进。**不管是教孩子，还是让孩子说要一步步来，不能操之过急。说的时候节奏适度，只要孩子说得流利、清晰，能够让人听懂且语速渐快即可。如果只是一味的追求速度，说出口的全是含糊不清的发音，对造成孩子学习的心理压力，不但不能起到促进作用，还易导致孩子说话节奏过快，吐字模糊的毛病。

★**吐字清晰。**发音准确是绕口令最基本的要求，同音异调、字音相近是绕口令的鲜明特色，稍不注意就会出现发音错误，在教宝宝时，大人的示范发音一定要准确。

★**坚持不懈。**平时大人可以和孩子一起练习，互相纠正发音的错误，可使孩子发音更准确同时激发他们的学习兴趣；另外，大人可鼓励孩子在众人面前表演，锻炼他们的胆量，增强自信心。

18个月~2岁宝宝语言能力综合测试表

听的能力	能安静、专注地听家长讲故事	Yes( ) / No( )
	喜欢重复的听一个故事或一首儿歌	Yes( ) / No( )
	听懂少数颜色形容词、副词、人称代词和方位、时间介词等	Yes( ) / No( )
	听懂并执行大人两个动作要求的命令	Yes( ) / No( )
	可以理解、记住一个简短故事大概内容	Yes( ) / No( )
说的能力	双词句仍占优势，可说出部分三词句	Yes( ) / No( )
	理解并正确回答大人提出的一些问题	Yes( ) / No( )
	能说出200~300个单词	Yes( ) / No( )
	不断提问，疑问句居多	Yes( ) / No( )
	"儿化语"逐渐消失	Yes( ) / No( )
	掌握更多的日常生活礼貌用语	Yes( ) / No( )

宝宝口语游戏记录表

日期	月龄	游戏名	游戏趣事	值得纪念的事	前辈妈妈记录
		悄悄话			宝宝会觉得这是妈妈交给他的特殊任务，获得这项任务他非常的兴奋，很配合地将话传给爸爸。不过玩的时间不要太长，每天不经意间和宝宝玩几次效果更好。
		彩色盒子			可以根据宝宝性别准备不同的玩具，比如女孩子准备娃娃的红裙子，男孩子准备黄色的小手枪，找到自己喜欢的玩具，会让他们乐此不疲地打开盒子。
		找朋友			除了和平时亲近的人一起玩，家里来了客人也可以和宝宝一起玩，这样能让宝宝大胆的在不熟悉的人面前说话，而且对自己说的话也越来越有自信。
		有礼貌的小狗			宝宝觉得能跟玩具对话是很有趣的事，我试着让宝宝扮演其中一种动物，他真的非常认真的学起来，而且自己还新增了很多对话内容，经过几个星期的练习，已经能掌握简单的礼貌用语了。

第六章 2岁～3岁 复合句子的发展，掌握最基本的言语

 ## 开始随心所欲地说话

宝宝终于可以随心所欲的说话了！2～3岁是孩子语言能力飞速发展的时期，进入到掌握最基本的口语的阶段。更主动的与周围的人进行语言交流，大部分孩子都表现得灵牙利齿，和大人对答如流。这个阶段孩子的语言能力由量的积累发生了质的变化。

这个阶段的孩子多数可以流利的说话了，加上他已经有了许多生活的经历和认识了许多事物，这个时期宝宝能把话说得更完整，更有条理，主要有四个语言特点。

一、逐渐进入语言复合句阶段。 在大人日常语言和不断的训练下，已能掌握主谓宾结构的句式，说话的句子明显加长，进入语言复合句的时，宝宝会说"宝宝吃这个，妈妈吃那个""我先洗澡，再去睡觉"等。

二、学会了用语言表达眼前不存在的事情， 如回到家会问："妈妈，爸爸还没下班吗？""妈妈忘了买蛋糕"等。此时孩子的语言已开始脱离具体的环境，从具体形象的语言内容向抽象逻辑的语言内容发展，表明孩子已开始进行语言思维了。

三、懂得描述事物或一件事情的细节。如"小狗的毛是黄色的""马长着长尾巴"等，这是在宝宝对日常事物逐渐熟知的基础上发展出来的语言能力。

四、想象力非常丰富，用一些字句来吸引大人的注意。这时宝宝对自己的语言能力非常有自信，在看到、听到的基础上发挥自己的想象力，将平时学到的一些词运用到不相关的事物上，以引起大人的注意。

当宝宝拥有了对话的交际能力后，说话不再是以自我为中心，而是越来越具有交际性了。他更愿意同与他同龄的孩子，而不是与大人说话。所以想发展宝宝的交际语言能力，尽量让他与同龄的小伙伴相处，这有助于提高他的语言能力。

小贴士

当大人说出有一定深度的话时，孩子会不知不觉地听进去，某一天，他会在一个恰当的场合，很贴切地说出这句话来，让父母大吃一惊。

游戏一：奇妙的口袋

游戏要求

一个布口袋，一个玩具娃娃，一个苹果、一辆玩具汽车、一本图画书、一块糖等。

游戏好处

学习正确地使用量词"个""辆""本""块"。

游戏步骤：

1 妈妈拿出布口袋，将娃娃、苹果、汽车、图画书和糖果都装到口袋里；

2 妈妈对宝宝说："宝宝，这是个奇妙的口袋，里面都装着什么呢？"

3 把口袋交给宝宝，让宝宝逐一将里面的东西摸出来；

4 当宝宝摸出一辆玩具汽车时，妈妈问："这是什么啊？"

游戏提醒：

　　游戏过程中，当孩子错用量词，应立即纠正，否则等孩子造成概念上的模糊，想纠正就难了。

小贴士

　　量词的种类多样，孩子在刚开始学习时，会很难区分不同量词之间的区别，这可能与大人平时用词的不规范，或是方言与标准语间的量词差别有关。因为在孩子有限的语言里，量词的使用率很低，所以孩子学习量词需要一个循序渐进的过程，大人一开始该从日常生活入手"宝宝的手里有一块糖""宝宝今天吃了一个苹果"等，通过不断地重复，宝宝就会发现每一种事物都有相应的量词来形容它。当孩子经常和这些量词接触后，就能比较容易地理解它们的抽象含义。

5

教宝宝正确的回答："这是一辆小汽车"。

 **你知道吗？**

孩子口吃，父母别着急

口吃是儿童在语言发展过程中常见的一种糟糕行为，这个年龄段的孩子思维迅速发展，但是掌握的词语却较少且不牢固。当孩子想用语言表达一种思想时，会因暂时找不到合适的词语，而出现说话不连贯的情况，就是口吃，这种口吃称之为阶段性的口吃，随着语言能力的进步，这种口吃现象会减少。另外，精神紧张也会导致孩子口吃，如孩子说话时受到家长训斥，感到自己说话不正常而变得非常敏感，唯恐说不好或说错也会出现口吃。

孩子出现口吃应该怎么办？

★大人应该以平常心对待。与孩子说话时放慢语速，也提醒他放慢语速，孩子一时没有接上话，不要急于提醒，让他自然地往下说，如果你紧张了，说话的语气会流露出来，孩子受到暗示，也会紧张，说话就更不流利了。

★绝对不能取笑孩子、流露出厌恶的神情，甚至打骂孩子。当孩子有点滴进步时，就应给予鼓励和奖励。

★教导孩子说话时的第一个字要缓慢地、轻轻地发音，然后向第二个字自然的过度。平时让孩子多听声音优美、表达流畅、内容合适的语言，如儿童故事、诗歌等，听熟后再复述出来。

★当有他人在场时，不要讨论、模仿孩子的口吃，以免伤害孩子的自尊心。

总之，消除孩子说话时的紧张情绪，加强口语训练，要相信孩子的口吃是完全可以纠正的。

游戏二： 咕噜咕噜变

游戏要求

不需特别准备。

游戏好处

练习使用量词，锻炼孩子思维的准确性和灵敏性。

游戏步骤：

1 妈妈和孩子面对面坐着，双手握拳、两圈上下交错绕圈；

2 妈妈和宝宝一起念："咕噜咕噜变！"念完的同时让宝宝伸出一个手指，妈妈说："一支笔"；

两人继续绕圈念："咕噜咕噜变！"妈妈伸出两个手指，宝宝说："两只小狗"；

4

游戏继续进行，又轮到宝宝伸出三个手指，妈妈回答。

游戏提醒：

和宝宝玩熟练后，可以不按1～10的顺序出手指，妈妈随意伸手指数，让宝宝快速组词。

小贴士

数学是孩子语言学习中必须掌握的一种语言元素，3岁前是孩子数学潜能开发的重要时期，在学习说话的同时就应该学习数字和量词，使孩子在正式学习数学前获得实际对数字的感觉，如在此关键期得到个性化的培养，孩子的数学能力就会得到理想的发展。

家长在教孩子学语言的同时，加强对孩子传授数字和量词的概念，也就等于在生活中对孩子进行数学的储蓄，等到孩子进幼儿园上课时，也就马上能知道什么是一二三了。

5

依次说数字组词到10，游戏重头再开始。

从小培养孩子阅读的好习惯

阅读是思维发生复杂变化的过程，不仅对孩子的智力发展有利，通过大量图文并茂的读物，还能帮助孩子从口头语言向书面语言过渡，对他们的想象、个性、学习习惯等方面都有益处。

但是父母对于宝宝的阅读能力培养又充满了困惑，宝宝不识字，怎么阅读呢？

其实，对于宝宝来说，只要是与阅读活动有关的任何行为，都可以算作阅读，比如3岁的孩子会一页一页地翻书；会看画面，并从画面的变化中发现事物的进展，将之串联起来理解故事情节，读懂图书；还会用口语讲述画面内容，听成人念图书文字等。

为宝宝选择合适的书籍和绘本，是培养孩子阅读能力的关键，如孩子喜欢鲜明的视觉形象，突出的主题或人物，父母一定要投其所好。另外，阅读的故事情节需简单明了，故事角色不宜过多，符合孩子的认知能力水平，便于孩子在体会和理解的基础上发挥充分的想象力。根据这一阶段孩子好奇心特别强的特点，还可以选择略带悬念的故事，在讲故事过程中故意停顿，让孩子猜测接下来发生的事情，这些都能激起孩子对阅读的极大兴趣。

对宝宝进行早期阅读指导，除了要让他们多感受画面和文字、多听之外，别忘了还要让宝宝开口多说，就故事情节和他们进行语言交流。因为，阅读能力的培养是语言发展阶段的重要组成部分，而语言能力的发展对宝宝早期乃至终身的阅读能力发展具有重要作用。

游戏三：宝宝电台

游戏要求

准备几张小卡片，写上宝宝电台、妈妈电台、爸爸电台等。

游戏好处

使孩子口齿清晰，表达更有条理，能有表情地讲述和朗诵。

游戏步骤：

1 全家人围成一个圈面对面坐，面前摆上写了自己电台名字的小卡片；

2 妈妈做出打电话的手势，拨通宝宝的电台的号码说："喂，是宝宝电台吗?"

3 教宝宝接起电话回答："喂，你好，这里是宝宝电台"；

4 　妈妈继续说："你好，可以给大家唱首歌吗？"，教宝宝妈妈的要求完成指令；

5 　宝宝唱完歌后，妈妈挂上电话，由其他家人继续向宝宝电台打电话。

游戏提醒：

　除了唱歌，还可以让宝宝讲个小故事，问宝宝一些日常生活趣事，宝宝想不起来时，给他一些提示。

小贴士

　当孩子在讲故事或身边发生的事情时，家长一定要显示出感兴趣、有耐心甚至是很期待的样子。当孩子出现思维停顿或中断时，除了给出适当的提示，还应始终保持轻松愉快的表情，给孩子一点时间思考，不要用语言催促；如果孩子由于实在无法继续讲述，表现出焦急时，大人可让孩子换一个话题。孩子顺畅、有感情的说话，仍需要不断地努力。

你知道吗？

在唱歌中培养宝宝的语言能力

　唱歌是一门音乐艺术，是旋律美的一种表现，也是带有情感性质的活动，很适合孩子的兴趣特点。对于刚学语言，特别是一些性格内向不爱说话的孩子来说，唱歌还是让宝宝轻松开口说话的好办法。

　不少儿童歌曲内容健康，曲调轻松活泼，歌词优美易懂，是很好的语言学习资料，如《娃娃打电话》、《泥娃娃》等，不但能营造轻松愉快的学习氛围，也可以让孩子通过唱歌，学会"你好""别客气"等礼貌用语。大人在教宝宝唱歌时，最好能边唱边配合歌词做动作，这样，孩子在你生动的表情、具有形象美感的动作影响下，也会情不自禁的开始模仿，产生学习的兴趣。大人还可以将歌曲的歌词进行拆分，在示范唱几遍后，问宝宝歌曲中人物的动作、概括歌曲的内容等，加深孩子对歌词的理解，在富有节奏感的音乐中，孩子会不知不觉的被感染，当他熟悉全曲后，也会跟着你唱唱跳跳起来。

　为了不使宝宝产生压力，在宝宝唱完兴致正高的时候和他说："宝宝唱得真好！下次再学一首好吗？"通常得到表扬的孩子会很欣然的接受你的建议。这就是一种使孩子乐意接受、积极参与、愉快进行的最优化的学习方式。

　需要提醒的是，当大人发现孩子唱歌发音不准时，可以在示范演唱后，让孩子跟读歌词，帮助孩子提高音准能力，尽量选择在孩子音域范围内的歌曲。当家庭聚会时，鼓励孩子在众人面前演唱，并给予热情的掌声，能让孩子更大方、从容的在人面前展现自己。

游戏四：小小解说家

游戏要求

用报纸卷成一个小喇叭。

游戏好处

锻炼孩子的表达能力，扩大词汇量，并帮助宝宝回忆平时教过的知识。

游戏步骤：

1

妈妈拿出小喇叭给宝宝，教宝宝使用方法；

2

妈妈对宝宝说："小小解说员，今天来给大家介绍一下你的房间吧"；

3

宝宝拿着小喇叭把妈妈带到自己的房间，向妈妈介绍："这是我的小床，这是枕头"；

4

妈妈提醒说："这个小闹钟有什么用啊？"；

游戏提醒：

　　经过几次练习，可以在家里有客人来的时候，让宝宝向客人介绍他的房间，父母可以事先和客人说好，对孩子提哪些问题，当孩子答对的时候，马上对他进行表扬。

小贴士

　　有些孩子性格比较内向，除了在父母面前敢说话外，见到生人总是躲到父母身后，一句话也不愿意说，如果强硬要求他开口甚至会大哭起来。孩子胆小、不敢开口说话，这和父母平时的过度保护有关，造成孩子凡事依赖的个性，要让宝宝大胆的开口说话，平时父母就应该多给孩子锻炼说话的机会，不要总是担心孩子说不好，说得太慢，或者打断孩子的话。

　　可以先从宝宝的兴趣入手，找孩子喜欢的话题，经过反复练习，鼓励孩子将说话的才能展示给大家，逐渐改变胆小、不敢说话的个性。

5

宝宝拿着小喇叭逐一将房间里的物品做一次介绍。

你知道吗？

别再让宝宝"鹦鹉学舌"

　　模仿是孩子学习语言的重要途径之一，而随着孩子语言能力的提高，儿童开始从交际等其它途径获得新词语、新的表达方式，这时就大人就不宜再采用单纯模仿"鹦鹉学舌"的形式进行语言训练。

　　孩子2岁以后仍采用"鹦鹉学舌"的教学方法，会对他的语言学习进程造成阻碍，如会使孩子感到枯燥、紧张，进而产生学习语言的压力，失去学习的兴趣；第二，还会阻碍孩子交流的欲望，大人总是用教育而不是谈话的口吻和孩子说话，孩子有可能以后变得不再喜欢和人说话；第三，孩子始终觉自己和大人说话有距离，而不能像成人间平等的对话，进而失去和大人说话的兴趣。

　　这时，不管是日常对话还是玩游戏，大人都应该让孩子发挥主动性，让孩子成为谈话的主角，大人只是在他们思维中断、发音不准的时候，稍微提醒一下，而不需过多的干涉孩子的"言论自由"。平时生活中，多引导孩子主动说话，当孩子急于表达一个想法的时候，即使你已经明白，也不要马上替他解决，要让孩子自己说出来；或是创设一个特定的场景，让宝宝在场景中担当一个角色，通过语言来完成他的角色任务，这样在逐渐的摸索中，不需要大人一字一句的教，孩子也能说出相当得体的语句来。

2岁~3岁宝宝语言能力综合测试表

听的能力	喜欢听成人说新鲜的事物	Yes( ) / No( )
	开始理解抽象性语言	Yes( ) / No( )
	能记住成人教过的知识、规矩等	Yes( ) / No( )
	理解并执行成人一次发出的两个互不相关的指令	Yes( ) / No( )
	听懂选择性语言"是"或"不是"	Yes( ) / No( )
说的能力	用语言进行请求、拒绝、肯定、提问、求助	Yes( ) / No( )
	用语言与成人进行简单的交谈	Yes( ) / No( )
	懂得用语言描述事物的细节	Yes( ) / No( )
	复述听过的故事、儿歌的主要内容	Yes( ) / No( )
	会发叠音，说简单的句子	Yes( ) / No( )
	"儿化语"完全消失	Yes( ) / No( )
	能背诵5首简单的童谣或儿歌	Yes( ) / No( )

宝宝口语游戏记录表

日期	月龄	游戏名	游戏趣事	值得纪念的事	前辈妈妈记录
		奇妙的口袋			每次玩游戏我都在袋子里装不同的物品，给宝宝永远的新鲜感，特别是他喜欢吃的糖果、新买的玩具等，每次都强调宝宝用完整的话回答问题，久而久之，每次说话时就会自动加上量词。
		咕噜咕噜变			玩了几次，我就发现宝宝说来说去就是那几样东西，为了启发他，轮到我说时，我总是说各种各样新鲜的东西，这样玩下来，宝宝也能记住几个马上在游戏中用上了。
		宝宝电台			一开始宝宝不是很感兴趣，我就和他爸爸轮流在他旁边玩勾起他的兴趣，看见他盯着我们津津有味的样子，马上邀请他也参与进来，我们还给硬纸做了个麦克风给宝宝，他玩得可带劲了。
		小小解说员			除了让宝宝介绍房间，还可以让他介绍他心爱的玩具，然后大人很热情的问他怎么玩，他会很开心的一次又一次地向你演示，最好是假装不会玩，让他告诉你该按哪个是开关。

解惑篇

不仅比谁开口早，更要比谁说得好

 ## 为什么我的宝宝迟迟不说话

语言发展是一个有规律、逐渐习得的过程，一般来说，孩子到3岁的时候已经能够掌握生活中的各种日常用语，能在父母的教育下很有礼貌地和客人、家人打招呼，或在他人面前表演节目如背诵诗词、儿歌，能很顺利的通过语言表达自己的需要。当孩子到了一定的年龄，仍无法达到同龄孩子的语言发展水平，不能表达也不能理解语义，那么这个孩子就有可能被怀疑存在语言发展障碍。

孩子语言发展障碍有多种表现，主要有三种情况。

1、开口说话时间晚。

一般正常的孩子1岁左右开始说话，会喊"爸爸、妈妈"，或是简单的儿语"饭饭""水水"，用单词来表达多个意思，但语言发展障碍的孩子可能要到二岁才能掌握简单词语，有的甚至到了三四岁还说不清一句完整的话。有些父母会认为孩子开口比较晚，但是时间到了自然就会说话，确实，由于语言学习需要良好的自身条件和外在环境，一些活泼、好动的孩子难以在一件事情上注意较长时间，将更多的时间花在玩闹上，或父母性格内向或工作忙，减少了与孩子交流机会等，这些都会造成说话时间延迟。民间也常有这样的说法：如果孩子先会走路，那么说话就晚；而先学会说话的，学会走路则要晚。但如果孩子到了两三岁还不会说话，就要考虑是语言发展障碍的情况，应该及时带孩子去专门机构进行检查。

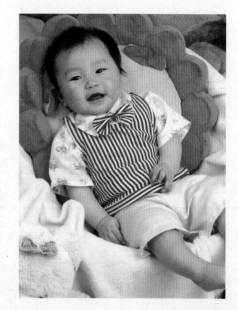

2、接受和表达能力发展迟缓。

接受性语言发展障碍的孩子，1岁半还不能理解简单的语言指令，对环境中的声音不能做出相应的反应，对有意义的语言却毫无反应。另外，词汇量的积累速度也相当缓慢，正常的孩子在学习语言的年龄，一年里能够掌握的词汇很多，特别是在2~3岁这一阶段，掌握的词汇量是翻倍程度增加的。通过与大人或同龄人交流或是看电视、观察各种事物都能快速掌握大量词汇，但是语言发展障碍的孩子可能在一年里只能掌握四五个词，学会的词语也不能很好地运用，往往学了新词就忘了旧词，词汇十分匮乏，语句生涩难懂。

接受能力出现障碍同时会出现表达障碍，孩子要么不说话，要么说出的词句数量极少，说出的语句也颠三倒四，缺乏连贯性和条理性，且喜欢用手势和眼神表达自己的情感和需要，喜欢与他人做各种不需要语言交流的游戏，对于新词汇的学习，需要家人反复的教导，就算花比同龄人更大的努力也不见得效果有多好。

3、更多的出现各种各样的语言表达错误。

（1）不会说话或者说话令人费解，说话有前后颠倒、混淆或省略的现象；

（2）说话很幼稚，没有组织，没有头绪，表达不出自己的意愿；

（3）到3岁还依赖儿语或拟声词，如用"水水"代替"我要喝水"，用"瓜"代替"我想吃西瓜"；

（4）说话断断续续，语句不连贯，只有单字，不成句子；

（5）发音含糊不清，"老鼠"说成"老古"，"妈妈"说成"啊啊"等；

（6）说话不合语法，没有助词、连词、形容词、副词等修饰词；

（7）对于抽象语言完全无法理解。

语言发展迟缓的孩子还会伴随出现心理、行为上的问题。可出现焦虑、执拗、遗尿、吮吸手指等行为问题。在心理上不依赖母亲、对人不关心、不能和小朋友一起玩、很难管教、心神不定等情况。

那么是什么原因造成孩子语言发展障碍呢？

1、生理条件制约

孩子某些器官的发育不良可影响着语言发展，如听力障碍、脑损伤、兔唇、齿列不整、舌头发育异常等。还有由于呼吸系统的运动性障碍，表现出发音障碍、异常，由于出生过程不顺利或意外对脑部造成的损伤导致的语言发展障碍；舌部发育异常如舌系带太紧，舌头不能伸出嘴巴以外，舌头不能自由卷曲而造成的发音不清，也会造成语言发展障碍。

另外，孩子有听力问题，自然也不能很好的学习语言。婴儿时期时孩子对周围的声音不能产生反应，就要考虑孩子是不是听力上有问题。听不清或听不见别人说话，就不能很好地学话，从而影响语言能力的发展。较重的情况是完全不会讲话，其次是很难正确地发音。对声音的反应迟钝，喜欢用视觉示意和身体动作来代替语言等等。

2、环境条件制约

孩子长期处在不良的生活环境中，可导致孩子语言发展障碍。如父母关系恶劣，经常怄气、争吵，孩子想与父母沟通时，大人不理会孩子，甚至无故责骂孩子，使他缺少了语言刺激，也害怕与父母交流，久而久之失去了说话的兴趣。还有的父母让孩子看电视，认为多看电视，有助于孩子学话，但婴儿仅听声音，没有父母一字一句用婴儿听得懂的话来教导，孩子得不到实际说话的经验，对语言发展不起任何作用的。

3、智力条约制约

出现智力障碍的儿童也会导致语言发展障碍。智力障碍儿童在日常生活中不会人际交往，也不会表达自己的需要，一般正常的孩子1岁以后已经能表达自己的喜怒哀乐，会跑会跳，会用简单语言加上肢体动作表明需求，智障孩子则会长时间停留在婴儿状态，接受能力缓慢，听不懂更说不说，严重的智障患者，随着年龄的增长，也只能通过长时间的特殊教育，掌握少量的词汇，日常交流都会出现困难。

三个常见错误不利于宝宝语言发展

日常生活中父母可能没有注意的一些小细节，就有可能阻碍宝宝语言发展，我们从中整理出3个常见问题，提醒父母注意。

1 先过度溺爱。讲话是人的一种本能，是一种为达到某种需要而采取的交流手段。当宝宝发育到一定程度就应该掌握这项技能，但是生活中有些宝宝直到2岁还只是会叫"爸爸""妈妈"简单几个词，语言发展明显落后于同龄人，这与父母或者主要照顾者的过度溺爱有关。有些宝宝脾气急躁，愿望一旦不能满足，马上又哭又闹。父母为了不让孩子继续哭闹，总是尽快满足他的愿望。其实，愿望得不到满足，正是刺激婴幼儿说话欲望的最好办法。一些家长只要孩子一个眼神、一个手势马上就准备好的物品送到孩子面前，孩子就丢失了一次很好的学讲话机会，久而久之形成习惯，便阻碍了婴儿语言能力的发展。

2 家庭语言环境复杂。1~2岁正是孩子语言发育的关键阶段，如果此时家庭语言环境过于复杂，会阻碍孩子的语言发展。一个家庭能用多少种语言交流呢？例如，爸爸学法语专业，妈妈学日语专业，两人同时还精通英语，家里的老人基本上用家乡话交谈，为了让孩子从小接触外语，家里基本上是日语、法语、英语、汉语、家乡话五种语系同时进行，结果孩子不仅没有掌握其实任何一种语言，反倒开口说话的时候越来越少。家庭语言环境太复杂，对于正在模仿成人语言的孩子造成很大的困惑，最终导致语言发展迟缓，甚至发生"失语"的严重后果。

3 过度使用"儿化语"。生活中常有许多父母为了让宝宝更好的理解自己的意思，习惯于对小宝宝使用亲昵的话语"睡觉觉了吗""吃饭饭吧""要不要喝水水呀"，诸如此类，殊不知，常常使用这种"儿化语"，对宝宝的智力和性格发展都有很大的影响。孩子的语言学习能力是惊人的，当孩子还不会说话时就已经能理解大人说话的意思，如果长时间停留在"儿化语"阶段，不仅不能帮助孩子进一步提升语言能力，甚至使孩子潜在的语言能力也会因长期被压抑而难以发挥。

宝宝语言发育迟缓父母别心急

通常孩子在1岁左右开始学说话，但是有些孩子到了2岁只会说几个词，家长别太心急，先从孩子的日常生活细节入手，查找问题的原因，再根据具体原因对症下药。

1、平时注意观察孩子发声情况

当父母查觉宝宝有语言发展迟缓的倾向时，首先仔细回想孩子以前的出声情况，如对声音的反应如何，是否经常哭闹，逗笑时是否及时给出反应等，并考虑孩子是不是有听力障碍，除了出声、听力外，行为动作和社会行为的发展是否也有迟缓的现象，再问问家中的长辈，是否自己在小时候也比较晚开口说话。综合考虑这些因素后，再和医师做详细讨论，大多可以找出小孩子迟迟不肯说话原因了。

2、治疗训练要视情况而定

经过医生的诊断，如果孩子语言发展迟缓不严重，父母不必太过担忧。只要生理健全并具备正常语言环境，大多孩子随着年龄的增长，无需治疗，也可以逐渐获得正常的语言能力。父母也不要把孩子的情况和自家的孩子或邻居的孩子来比较，因为孩子发育快慢，因人而异，不可一视同仁。

对语言发展障碍严重的儿童进行治疗，还要认清孩子问题的性质，有选择性地对他们进行语言功能的特殊训练。对患有接受性语言迟缓的孩子，首先训练孩子模仿成人说话。这种语言功能的训练由易到难，需要父母极大的耐心，长期坚持孩子语言能力会有大的改善。对于表达性语言障碍的孩子，应让周围人积极地理解宝宝各种各样的表现，即使孩子只是用身体摇动、面部表情和模糊的发音来表达意思，也要鼓励他，使他得到语言表达的满足感，产生表达个人思想的欲望，切忌过度溺爱，再次削减孩子交流的机会。对语言发展迟缓孩子教育的最基本的策略，就是使孩子体验到表现的喜悦，保持一种想说话的心情。

因家庭原因造成的语言发展障碍，父母首先要检讨自己的错误，改善家庭成员之间的关系，控制自己的情绪，营造一个和谐温馨的家庭环境，让孩子处于放松的状态，才能有效解除孩子的不安情绪，产生沟通的欲望。

3、随时随地的与宝宝交流

随时随地有耐心地和孩子说话，不管自己有多忙，每天最好有固定的时间训练孩子说话，说话前营造轻松的氛围，以免孩子太紧张，每次说话时间不一定很长，但应每天都坚持。选取的话题尽量与孩子的日常生活或喜好相结合，谈孩子谈生活中、身边能见到的事情。新词汇的学习逐次增加，避免操之过急孩子出现抵触情绪。睡前讲故事也是宝贵的交流机会，尽量抽时间给孩子念童话故事，对于孩子要求反复讲相同的故事，则应尽量地满足，这样不仅增进亲子感情，刺激孩子表达兴趣，在听故事的过程中得到词汇的积累。

另外，父母在倾听宝宝所说的话，不能有丝毫的不耐烦，语言发展障碍的孩子往往需要鼓足勇气才会说话，因此，不管孩子说什么，怎么难以理解，父母却应表现出极大的兴趣仔细地倾听，孩子从中才能得到表达的满足感，对父母的信任感，逐渐转变为想说就开口的好现象。

4、鼓励孩子多交往

让孩子有更多使用语言的机会，最好的办法就是增加与人交流的机会。鼓励孩子与其他小朋友在一起玩，不断扩展孩子的生活范围或经验，还可以常常带他去各种公共场所，如住宅区广场、公园、朋友家等，变陌生的环境为熟悉的场景，当发现孩子不会与其他孩子相处时，家长可教给孩子一些实际的交往技巧，如共享玩具、合作互助等，在相处过程中也激发出孩子对表达的兴趣。

打造完美口语不是一两天的事

宝宝从出生到可以和父母用语言流利地交流，需要2~3年时间。刚出生的宝宝并不会说话，但是已经具备听的能力，几个月后，宝宝对父母发出的熟悉的声音，能给出回应，然后发出一些大人听不懂的声音示意，再大一点，学会慢慢的模仿单字的发音，发出简单的音节，并逐渐将抽象事物与词语建立联系，到2~3岁时会说短句、长句、对话……这都是一个需要家长细心引导的过程。

简单的说，婴儿语言学习一定经过两个阶段——接受信息阶段和表达信息阶段。可以划分为四个必经步骤：学听声、学发声、学听话、学说话。

语言学习必经步骤之一：学听声

不是说听是宝宝天生具有的能力吗？事实上，几个月大的婴儿并不能理解父母说话的意思，但是能对各种声音作出反应。经过训练还能辨别出陌生和熟悉的声音，辨别声音的来源，并对喜欢或讨厌的声音做不同的反应。此阶段也可检测出宝宝的听力问题，是学习语言的最基础阶段，生理缺陷对语言学习造成的障碍，应该在这个阶段及时被发现，采取专业、科学的治疗措施。

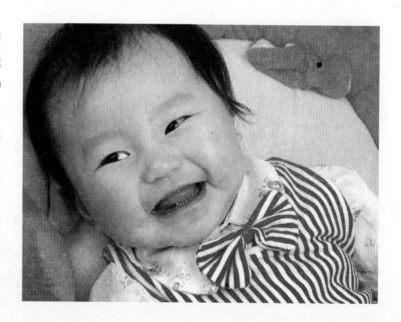

语言学习必经步骤之一：学发声

当宝宝听力障碍排出后，父母请尽你所能对宝宝说话吧，你会发现宝宝心情愉快时，不仅会对你笑，也会对你"说话"了——"啊""嗯""唔""呀"，不要小看宝宝的一点点成绩，这就是说出第一句话的雏形。这时，每次对着宝宝模仿他发出的声音，是对宝宝学发声最大的鼓励，通过努力，你会惊喜的发现，宝宝原来也能发出这么多奇妙的声音。

语言学习必经步骤之一：学听话

通过听和发声练习，宝宝已经对周围生活的食物熟记于心，虽然他还不会说，表达的方式主要通过重复的儿语音节和肢体语言的补充。长时间倾听周围的声音和成人间的对话，对于一句话中的关键词语所指代的意思，宝宝已经基本能分析清楚。如妈妈常微笑问"宝宝，这是奶，你饿了吧！"时间一长，这种语言信息就储存在了他的脑子里。随着他的智力发育，再经过几十次的语言重复，他就明白，原来总抱着我的人就是妈妈。当宝宝再大一点，询问宝宝要不要吃奶时，他能够用点头和摇头的方式回应问题，这说明宝宝已经听懂了你的意思。

语言学习必经步骤之一：学说话

伴随发音器官的逐渐成熟，宝宝终于进入真正的说话阶段，之前的准备工作都没有白费，先后发出单音、双音，逐渐会说简单句、复杂句子。宝宝正向完美口语的目标迈进。虽然还有很多语法、造句、发音错误，但是没关系，多与宝宝交谈，并给宝宝朗读，用正规句子与句型和宝宝交谈，这些对将来语言潜能的开发都起到奠基的作用。

图书在版编目（CIP）数据

学说话，大脑开发的第一步 / 喜喜宝贝编著. -- 长
春：吉林科学技术出版社，2010.8
ISBN 978-7-5384-4889-4

Ⅰ. ①学… Ⅱ. ①喜… Ⅲ. ①婴幼儿－语言能力－能
力培养 Ⅳ. ①G613.2

中国版本图书馆CIP数据核字(2010)第120563号

学说话，大脑开发的第一步

编　　著	喜喜宝贝	
编　　委	郑　柯　　毛国莉　　黄　玮　　洪胜春　　张占慧　　郭乐登　　王　玲　　何　娟　　黄　琳　　刘　夏	
	刘晓帆　　秦艳明　　李晓晖　　蒋　勇　　邓　律　　杨　兰　　卜晓丽　　毛毛雨　　王　妍　　何智敏	
图书策划	李　梁	
责任编辑	周　禹	
装帧设计	王　玲	
小 模 特	李佳颖　　谭铭谦　　陈嘉浩　　彭梓墨　　张铭洋　　卢　扬　　聂紫蓝　　刘佳宁	
开　　本	880mm×1230mm　1/24	
字　　数	200 千字	
印　　张	5	
印　　数	1-8000册	
版　　次	2010年9月第1版	
印　　次	2010年9月第1次印刷	

出　　版	吉林出版集团
	吉林科学技术出版社
发　　行	吉林科学技术出版社
地　　址	长春市人民大街4646号
邮　　编	130021
发行部电话/传真	0431-85677817　85635177　85651759
	85651628　85600611　85670016
储运部电话	0431-84612872
编辑部电话	0431-85610611
网　　址	www.jlstp.net
印　　刷	长春新华印刷集团有限公司

Call Me

书　　号	IISBN 978-7-5384-4889-4
定　　价	19.90元